BİR KERE DAHA ÖL

AMY PLUM

BİR KERE DAHA ÖL

AMY PLUM

Çeviri:
Esra Çakıruylası

AKILÇELEN
kitaplar

AKILÇELEN KİTAPLAR
Yuva Mahallesi 3702. Sokak No: 4 Yenimahalle / Ankara
Tel:+90-312 396 01 11 (pbx) Faks: +90-312 396 01 41
e-posta: bilgi@akilcelenkitaplar.com
Yayıncı Sertifika No: 12382
Matbaa Sertifika No: 26649

Kitabın özgün adı ve yazarı: Die Once More, Amy Plum.

Kitabın telif hakkı Dystel&Goderich Literary Management'tan Kayı Telif ve Lisans Hakları Ajansı Ticaret Ltd. Şti. aracılığıyla alınmıştır.

ISBN: 978-605-9800-25-9

ANKARA, 2016

Çeviri : Esra Çakıruylası
Yayına Hazırlık : Zeynep Kopuzlu Taşdemir, Boğaç Erkan
Sayfa Düzeni : Emine Özyurt
Kapak Tasarım : Lodos Grup
Baskı : Bizim Büro Matbaa Dağıtım Basım Yayıncılık San. ve Tic. Ltd. Şti. Büyük Sanayi, 1.Cad., Sedef Sok. No:6/1, İskitler/ Ankara

BİR

YENİ BİR ŞEHİR. YENİ BİR ÜLKE. YENİ BİR HAYAT. YA DA BEN öyle ummuştum.

Dostlarımı, toprağımı, yüz yıllık evimi sadece on yedi yaz görmüş bir kız için terk ettim. Aramıza bir okyanusluk mesafe koydum, yine de olmadı, anladım ki yeterince uzak değildi.

Yer değişmiştik: Şimdi o Paris'te, ben New York'taydım. Asıl sorun da buydu zaten. Burası Kate'in memleketiydi ve sanki buradan hiç gitmemişti. Hâlâ buradaydı. Her yerdeydi.

Şehrin sokaklarında dolanıp durduğum bir hafta içinde onu yüzlerce defa görmüş gibi hissetmiştim kendimi. Metroda yüksek sesle sohbet eden liseli kızların Amerikan aksanından tut da, kendine üniforma yaptığı o dar kesim kot, tişört ve Converse'lerden giymiş, şehir merkezinde cirit atan genç kızlara kadar. O hepsinin içindeydi, onların gözlerinden dışarı bakıyordu, hiç tadamayacağım bir sevgiyle alay edercesine. Çünkü kalbi bir başkasına aitti –en iyi dostum, Vincent'a. Vincent'ı kardeşim gibi seviyordum, ama şu anda aramızdaki dört bin millik okyanustan dolayı herhalde daha memnun olamazdım.

Paltoma sıkıca sarınıp çatıdaki gözleme noktamdan aşağı doğru eğildim. Altımda sürüklenen buz kütleleri East River'ı adeta New York'taki yakınlarımın partilerinde hiç bitmeyecekmiş gibi akıp giden buzlu martinilere çevirmişti. Martın ilk haftasının keskin soğuğunda Paris'te olsa gökyüzü gri bulutlardan bir battaniyeyle örtülmüş olurdu. Ama burada, Brooklyn'de güneşin yeni doğduğu şu dakikada gök mavi kantaron çiçeklerinden göz kamaştırıcı bir tarla gibiydi. Suyun üzerine vuran elmas pırıltıları beni kör ediyordu. Ağlatacaktı. Ya da en azından, yanıp duran gözlerim için iyi bir bahane oluşturuyordu.

Bir ıslık duydum, dönünce yakınım Faust'un futbol sahası büyüklüğündeki çatının ortasında yalnız bir mezar taşı gibi duran kapı şaftının yanında dikilmiş beni beklediğini gördüm. Ona doğru yönelip barbekü mangallarının ve dev yüzme havuzunun yanından geçtim: Hepsi örtülüydü, kış uykusundaydı. Buzların erimesini ve kentin partileri tekrar dışarı taşımasını bekliyorlardı. Bitmek tükenmek bilmeyen partileri. New York'ta, hayat bir partiydi.

Burada ne yapıyorum? diye sordum kendime belki yüzüncü defa. *Hayatta kalıyorum*, doğru cevaptı. *Kalmayı bildiğim tek yolla.*

"Konsey hazır, seni bekliyor," dedi Faust, omzuma bir şaplak atıp beni merdivenlerden aşağı doğru indirerek.

"Ben bu işi anlamadım," dedi. "Yakının Vincent'ı bedenlendirmek için öbür yakınlarınla birlikte bir hafta evvel New York'a geliyorsun. Başarıyorsunuz, Vincent ötekilerle beraber geri dönüyor, ama sen burada, Frank'le Myra'nın evinde takılmaya karar veriyorsun. Sonra Vincent seni Paris'e çağırıyor ve Fransa'da yirmi dört saat bile geçirmeden New York'a geri geliyorsun?"

"Ne diyebilirim ki? Violette ve ordusuna karşı mücadele halindelerdi," dedim, işaret ettiği noktayı görmezden gelerek.

"Faust başını öne salladı. "Evet, Paris'in numalarla son savaşında bir yakınından gelen yardım ricasını geri çevirmek olmazdı. Oğlum, orada olup Şampiyon'un numalara dünyanın kaç bucak olduğunu göstermesini izlemek için neler vermezdim bir bilsen."

"O an verilmiş bir karardı," diye cevap verdim. "Gold'un uçağında sadece on iki kişilik yer vardı. Neler olduğunu anlayabilseydim inan daha fazlanızı götürürdüm."

"Frank'le Myra... Onlar hâlâ Paris'te, değil mi?" diye sordu Faust, gözleri imrenmeyle parlayarak. "Niye olayın sonundaki asıl partiye kalmadın da dün gece buraya döndün anlayabilmiş değilim," dedi, sonra suratımdaki bomboş ifadeyi görünce, çenesini kapadı.

Birkaç saniye sonra "Oğlum, sizin şu Şampiyon burada çok işimize yarardı aslında," diye mırıldandı. "Bizim de başımızda dertler var. Zaten eminim hepsini duymuşsundur."

Faust'u takip ederek uzun uzun altı kat merdiven indim. Bu bina devasaydı ve şehrin tam bir bloğunu tek başına işgal ediyordu. Aşağı doğru ilerlerken Faust bir yandan da kat planlarını açıkladı.

"Çatıyı zaten gördün. Onun bir altı, yani yedinci kat hem sergi alanı hem konser salonu hem de –dün gece muhtemelen gördüğünü gibi– parti merkezi. İnsanların girişine izin verilen tek kat orası. O yüzden kendine ait ayrı bir asansörü ve diğer katlara erişimi olmayan merdivenleri var."

Faust sanayi-boyu asansör kabinlerinin açılır kapanır metal kafeslerin içine yerleştirildiği duvarı gösterdi. "Bunlar bodrum kata gidiyor. Oğlum, orayı görmen lazım. Öyle büyük ki içinde mal getirip götürmek için kullanılan basbayağı iki tane antika demiryolu hattı var. Binanın ön tarafında teknelerin erişimi için nehirden girişimiz, bir düzine de ambulansımız bulunuyor. Silahhane de orada, aşağıda. Anlayacağın yüksek güvenlikli her şey ve insanların görmesini istemediğimiz öteberi hep yerin altında."

Zemin kata gelince merdiven sahanlığından çıkıp mağarayı andıran taş grisi koridorlardan binanın önüne doğru ilerlemeye koyulduk. Yürürken Faust'u okumaya çalıştım. Disiplinli bir havası vardı, ama asker ya da polis kadar değil. Sırtı dimdik bir halde kasıla kasıla yürüyordu. Kollarıysa, sanki adaleleri araya giriyormuş gibi hafifçe yana açılmıştı. Zaten iri yarı bir yapısı vardı ama spor salonunda ciddi zaman geçirerek cüssesini ikiye katladığı da belliydi. Burada gördüğüm çoğu erkek gibi onun da surat kıllarına bir düşkünlüğü vardı: Seçtiği modelse hafif uzun bırakılmış kirli sakaldı. Tahminden yola çıkarak nedense kafamda onu itfaiyeci olarak oturtmuştum. Ölmeden önceki mesleği gerçekten bu muydu merak ediyordum.

"İşte genel düzeni anlatmış oldum sana. Şimdi biraz hikâyesinden bahsedeyim," dedi Faust, tur rehberi kimliğine bürünerek. "Bina New York'un simgelerinden biri. 1913'te gıda üreticisi bir şirket için çelikle güçlendirilmiş betondan inşa edilmiş, ellilerde de terk edilmiş."

Başımı öne doğru sallayınca söze devam etti. "Gold burayı yok pahasına kapatmış. Doksanlı yıllara kadar burada faaliyet gösterdiğimizi kimse fark etmemiş... ki o noktada bunun açık bir sır haline getirilmesi kararlaştırılmış."

Bir köşeden döndüğümüz sırada mağaramsı koridorlarda yankılanan sesler duymaya başladım. "Toplum için bizler bir sanat vakfı tarafından bu lüks yaşam ve çalışma alanları kendilerine bahşedilmiş sanatçılardan, müzisyenlerden, genç, bağımsız iş insanlarından –yaratıcı tiplerden– oluşan bir grubuz. Mekânı sergiler, konserler ya da dün geceki gibi istihbarat-toplamaya yarayan aylık 'mahalle partileri' için açarak 'topluma geri ödeme' yapmış oluyoruz."

Binanın en üst katında gerçekleşmiş ve henüz birkaç saat önce sona ermiş olan destansı partinin anısıyla gülümsedi. Ben havaalanından geldiğim sırada parti en cafcaflı zamanındaydı. İçeri geçip kendime bir içki aldıktan sonra gecenin geri kalanını çatıda tek başıma geçirmiştim... ta ki şafak söküp de geri dönenlerce kullanılan taksilerden oluşan filonun mekik dokumayı bitirip son particileri de evlerine taşıdığını görene kadar.

Benimse parti falan görecek gözüm yoktu. Hele de dün gece. Savaşın açtığı yara aklımda hâlâ tazeyken yapamazdım. Liderimiz Jean-Baptiste'in kalıcı ölümünden sonra, yapamazdım. Ve hepsinin ortasında, hiddetli ve güzel, artık insan olmayan, benim tatlı Kate'im vardı. Bunları sindirmek için zamana ihtiyacım vardı. Hatırlamak için. İyileşmek için.

"Olabilecek en iyi casusluk ağı bu," diye açıklamaya devam etti Faust, beni pat diye şimdiye ve buraya çekerek. "Yöre halkı bize ne verdiklerinin dahi farkında olmadan düşmanlarımız hakkında çok değerli bilgiler sunuyorlar. Konsey daima neler öğrendiğimizi görüşmek için hemen arkasından toplanır. Yani sana resmi olarak hoş geldin demek için mükemmel zamanlama." Faust'la ikimiz son köşeyi dönünce binanın tüm ön yüzünü kaplayacak şekilde suya bakan, güneş ışıklarıyla dolu, havadar bir alana geldik. Arka duvar boyunca devam eden mutfak birkaç restoran için rahatlıkla hizmet verebilecek nitelikteydi. Mutfakla yerden tavana kadar yükselen pencerelerin arasındaysa yaklaşık elli masalık bir *café* bölümü bulunuyordu. Masalar, üzerlerine Noel ışıkları bağlanmış saksılı ağaçların etrafına ustaca gruplandırılmıştı.

"Seni burada bırakıyorum," dedi Faust, geniş bir daire halinde dizilmiş on masalık kısmı işaret ederek. New York'lu yakınlarımdan düzinelercesi orada oturmuş, ağırbaşlı bir sükûnetle beni bekliyorlardı. İlerleyip dairenin "başköşesinde" boş bırakılmış olan –nehir manzarasını en iyi gören– sandalyenin arkasına dikildim.

Baştan aşağı beyaz giyinmiş tanıdık bir siluet masanın uzak ucundan ayağa kalkarak beni selamladı. "New York'un beş bölgesinin bardiaları, size Parisli kıdemli yakınımız Jules Marchenoir'ı takdim etmeme izin verin," dedi, Theodore Gold. "Buyurun, kendiniz de şahit olun: Jules'un aurası bizden biri olduğunu teyit ediyor. Onunla daha önce tanışmış biri olarak, kendisinin iyi niyetine kefilim, ayrıca memleketindeki yakınlarımız arasında da son derece saygın ve kıymetli bir yeri olduğunu biliyorum."

"Ve ben de *bizzat* kefilim ki bu adamın Londra insan nüfusunun yarısını tek damla ter dökmeden baştan çıkarabilecek yeteneği var," diye söze atladı, Ambrose'un kardeşi gibi duran kaslı bir çocuk, masadaki herkesi kahkahalara boğarak. Yumruk yapıp havaya kaldırdığı elini ben de kendi yumruğumla tokuşturarak karşıladıktan sonra onun hemen yanındaki yerime oturdum. "Seninle '97 Londra meclisinde tanışmıştık. Coleman Bailey, '43 Harlem İsyanları," dedi, Amerikalı geri dönenlerde fark ettiğim geleneği tekrarlayarak: Kendilerini ölüm detaylarıyla birlikte tanıtıyorlardı.

Gold yerine geçerken kendi kendine gülerek şöyle dedi, "Resmiyet için kusura bakma, Jules. Şehir dışından gelen geri dönenleri takdim etmenin belli bir kaidesi var. Yüksek sayıda göçmenimiz olmasının yanı sıra Amerikalılar kendi içlerinde de yer değiştirmeye epey eğilimli."

Başımı öne doğru sallayarak sol tarafımda oturan adamdan gelen su sürahisini ve bardağı aldım. "Eski Dünya'da formalitelere alışkınız," dedim, sesimin rahat ve hafif çıkması için elimden geleni yaparak. Burası olmak istediğim son yerdi: sorgu koltuğuna oturmuş, beynim erirken ve kalbim cam kırıkları gibi batan binlerce minik parçaya ayrılmışken –bana ait olmayan bir dilde– bir sürü yabancıya kendimi açıklamak zorundaydım. Ama ya bu deveyi güdecektim ya bu diyardan gidecektim. Kalmak istiyorsam, sebebini bilmeleri gerekiyordu.

Suratım bir şeyleri ele vermiş olmalıydı: Yakınlarımın yüzlerinde bir şefkat duygusu gördüm. Bir kız konuştu. "Jean-Baptiste'i duyunca çok üzüldük," demesiyle herkes kafasını öne doğru sallayarak kendi başsağlığı dileklerini ekledi.

Gold söze girdi, "Bunu çok uzatmayacağız, Jules. Resmi sorguya gerek yok. Amerika'da bizim sizin Avrupa'da olduğu gibi liderimiz ya da 'başımız' yok. Her şey demokratik bir biçimde yapılıyor. Resmi Amerikan tarihçisi ben olduğum için –bir anlamda sizin Gaspard gibi de düşünebilirsin– genelde topluluk adına ben konuşuyorum. Ama canlanmasının üzerinden yirmi yıl geçmiş olan her New York geri döneni konseye girebilir ve bütün kudret konseydedir."

Gold duraksayıp gruba şöyle bir bakarak söz almak isteyen var mı diye bekledi. Hiç kimseden ses çıkmayınca devam etti: "New York'ta bize katılma arzunu dile getirdin. Burada ne kadar kalmayı planladığına dair bizi aydınlatabilir misin?"

İşte başlıyorduk. "Belirsiz bir süreliğine, tabii eğer beni konuk etmeye gönüllüyseniz," diye cevap verdim.

Bardiaların gözlerinin ardında yanıp tutuşan merakı görüyordum. Konsey üyelerinden biri konuştu. "Kalma amacını söyleyebilir misin bize?"

"Paris'ten uzak zaman geçirmeye ihtiyacım var," dedim.

"Oradakiler kendilerine daha yakın bir yerde kalmanı tercih etmezler miydi, mesela Fransa içinde bir yer?" diye üsteledi kadın.

"Şu anda istediğim biraz daha...mesafe." Bu iş sandığımdan da zordu. Bunları Fransızca söyleyebilsem, konunun kişisel bir mesele olduğunu ve kendi işlerine bakmaları gerektiğini ima etmek için gereken vurgu ve dokundurmaları ekleyebilirdim aslında. Ama yüz ifadelerinde açıklık ve bana yardımcı olma isteği vardı, o yüzden hoşnutsuzluğumu yuttum. Kendime not: Moralimi bozan kişiler onlar değil.

"Şurada daha iki gün önce yakınların seni kendileriyle birlikte savaşman için Fransa'ya geri çağırdı," dedi biri, "sen de kabul ettin. Ama dün akşam New York'a döndün –savaştan hemen sonra. Fransa'dan bu kopuşun kendi kararın olduğu ve liderleriniz tarafından arzu edilen bir şey olmadığı sonucuna varabilir miyiz?"

Cevabımı şekillendirmek için bir an durdum. "Yakınlarım kalmamı tercih ediyorlardı. Ayrılmak benim kararım. Ama onların hayır dileklerini alarak buradayım."

"O zaman, seni aramıza kabul ettiğimiz takdirde herhangi bir anlaşmazlıkta senin tarafını tutuyormuş gibi algılanmayacağız, öyle mi?"

"Kesinlikle hayır," diye yanıtladım.

Herkes rahatlamış görünüyordu. Demek ki deşmeye çalıştıkları mesele buydu.

Bir başka adam söz aldı. "Bu noktayı açıklığa kavuşturduğun için teşekkür ederiz. Tam da Jean-Baptiste'in Vincent'ı Fransa geri dönenlerinin başı ilan ettiği gün iltica ettiğin için, bir iktidar kavgasına mı karışacağız diye endişelendik."

Başımı iki yana salladım. "Vincent o görev için olup olabilecek en iyi adam. Onu tamamıyla destekliyorum." Daha fazla açıklama bekliyorlardı, ama başka bir şey vermeyecektim. Gönül yarası çektiğim için burada olduğumu duyuracak değildim. Ya da sevdiğim kadının en iyi dostumla birlikte olduğunu. Ne de onları bir arada görmeye daha fazla mecbur kalırsam bunun beni öldüreceğini.

Masada konsey mensupları arasında birtakım anlamlı bakışmalar oldu, ardından kafalar genel olarak öne doğru sallandı. Bıyıklı, ağır Güney aksanlı bir adam sessizliği bozdu. Söylediklerini anlayabilmek için yakinen dinlemem gerekti. "Frederick Mackenzie, Amerikan İç Savaşı. Buraya Depo diyoruz, ben de Depo'nun idarecisiyim. Duyduğuma göre şu ana kadar Greenpoint evinde kalmışsın. Gold seni oraya idareten yerleştirdiğini söyledi, Frank ve Myra'yı bir meclisten dolayı tanıdığın için. Ama New York klanına yeni katılan herkesin –ister taze canlanmış olsun ister şehir dışından gelen eskilerden olsun– ilk altı ay burada, genel merkezimizde yaşamalarını istiyoruz. Böylece sırf kendi memleketlerinde işleri daha değişik yürüttükleri için farkında olmadan herhangi bir güvenlik riski oluşturmaksızın işleyişimizi öğrenebiliyorlar. Altıncı aydan sonra, kendi seçeceğin bölgedeki bir eve katılmakta ya da daha sosyal olan yakınlarımızın çoğu gibi burada kalmaya karar vermekte özgürsün."

Duraksayınca, ben de anladığımı belli etmek için kafamı salladım.

"Konsey öncesi aşamasındaki yakınlarımız genelde karşılama temsilcisi olarak görev alırlar. Faustino, ki kendisiyle zaten tanıştın, senin için atandı. Sana etrafı gezdirmekten, kuralları açıklamaktan ve temel ihtiyaçlarını gidermene yardımcı olmaktan memnuniyet duyacaktır. Amerika'ya alışma sürecini kolaylaştırmak için yapabileceğimiz başka herhangi bir şey var mı?"

Ne diyeceğimden emin değildim. Öyle... Öyle iş bitiriciydiler ki.

Gold'un yanında oturan bir kadın lafa atladı. "Henüz kendisini tanımayanlar için söylüyorum, Jules Marchenoir çok başarılı bir sanatçıdır. Belki görsel sanatlarla uğraşanlarınız ona gerekli malzemeleri sağlayıp, bir de atölye ayarlamasında yardımcı olabilir ve insan çizimi grubunun ne zaman toplandığını haber verir."

Kadın nefes kesiciydi –egzotik bir havası vardı: Uzun siyah saçlı, bakır tenli, badem gözlü ve çıkık elmacık kemikliydi. Hafızamı yokladım, ama onu daha önce görmediğimden emindim. Görsem hatırlardım. Peki, o zaman beni nereden tanıyordu?

"Teşekkür ederim," diyerek, sözlerini minnettarlıkla kabul ettim.

Başını öne doğru salladı, ama sanki bu iletişim onun için tatsızmış gibi de kaşlarını çatmıştı. Sanki onu gücendirmişim ya da kırmışım gibi.

Çok tuhaftı. Onunla daha önce karşılaşmıştım herhalde –bir meclis davetinde olsa gerekti. Acaba kadına asılmaya falan mı kalkmıştım? Pek sanmıyordum çünkü zaten sırf bu sebepten flörtü insan kızlarla sınırlandırmıştım. Ebediyen kin tutabilecek birini kırmayı ya da kızdırmayı ne diye göze alacaktım ki? Âşık olma tehlikeleri de cabasıydı. Böyle bir şeyi kim isterdi?

Ya da en azından eskiden böyle düşünürdüm. Kate'ten önce. O benim ezberimi bozmuştu. Sadece onunla olabilmek için dünyanın bütün flörtlerinden vazgeçmeye hazırdım artık. Göğsümde bir şey çok fena güm etti, hiç düşünmeden elimi kaldırıp üstüne bastırınca endişeli bakışları üzerime çektim. Yakınlarım yastayım sandılar. Bıraktım öyle sansınlar. Öyleydim.

Gold sessizliği bozdu. "Başka sorusu olan var mı?" Masaya şöyle bir göz gezdirdi. "Yok mu? Pekâlâ, o zaman ben hepimiz adına konuşarak şöyle diyorum, 'Hoş geldin, yakınım. Burada olmana memnunuz, Jules Marchenoir."

"Hoş geldin!" dedi pek çoğu, tezahürat gibi hep bir ağızdan. Bir kısmı ayrılmak üzere yavaş yavaş ayaklanırken bir kısmı da kendilerini tanıştırmak için etrafıma toplandılar. Bir sürü kişi Fransız Şampiyon Kate hakkında sorular sordu. Nasıl ortaya çıktığıyla ilgili daha fazla detay öğrenmek istiyorlardı, kendi numa sorunlarının da bizim Fransa'da tecrübe ettiğimize yaklaşmaya başladığını anlamam uzun sürmedi.

Gözüm masanın karşı tarafına, daha önce konuşan o kıza takıldı. Çevresinde dikilen bir grup vardı ve bana karşı taş gibi olan o surat onlarla konuşurken ışık saçıyordu.

Güzel bir kızdı. Normalde bu güzellik beni gece kelebeklerinin ateşe çekilmesi gibi çekerdi. Yakınlardan-sevgili-olmaz kuralıma rağmen bile, azıcık oyun oynamak, takılmak, onu tepkisiz kalamayacağı iltifat yağmurlarına tutarak eğlenmek ruh halime çok iyi gelirdi. Ama şu anda değil. İçimden merhaba demek bile gelmiyordu.

Bakışları yukarı kalkıp benimkilerle buluştuğundaki o soğukluk buzdan ışınlar gibiydi.

Ne? diye sordum ona sessizce, şaşkınlığımdan omuz silkerek.

Gözlerini devirdi –resmen *gözlerini devirdi!*– sonra da dikkatini tekrar konuştuğu kişiye çevirdi.

Huzurum kaçmış bir halde döndüm ve karşımda elini uzatmış bekleyen adamı görünce tokalaşmam gerektiğini hatırladım. Burada *bis* –yanak yanağa öpüşme– yoktu tabii ki.

Faust gözüktü, salon boşalırken gelip yanımda dikildi. "Bir şeye ihtiyacın var mı?" diye fısıldadı.

"Evet," diye fısıldadım ben de. "Buradan çıkıp yürümek için ölümsüz ruhumu bile veririm."

İKİ

"YÜRÜYÜŞ PROGRAMI BUZDOLABININ ÜSTÜNDE ASILI," DEDİ Faust, son kişi de bana hoş geldin dedikten sonra. "Bu taraftan." Beni mutfağa doğru götürdü.

"Program mı?" diye sordum.

"Ne o şaşırdın mı?" dedi, yüzünde meraklı bir gülümseyiş parlayarak.

"Hangisi daha şaşırtıcı emin değilim, bir program olması mı yoksa programın buzdolabı kadar banal bir şeyin üzerinde sergilenmesi mi," dedim.

Faust bir kahkaha attı. "Beş bölgede toplam yaklaşık iki yüz bardia var. Herkesin burada kendi odası bulunuyor, ama hemen hemen yarısı başka yerlerde yaşamayı tercih ettiği için genelde kendi ev ahalileriyle birlikte kendi semtlerinde yürüyorlar. Böylece burada yüz kişi civarında kalıyoruz. Program büyük ölçüde gerekli."

"Peki ya buzdolabı?" diye sordum.

Sırıttı. "Sizin Paris'teki evde millet nerede takılıyordu?"

"Mutfakta," dedim, hakkını teslim ederek.

Dizi dizi duran üç tane devasa buzdolabının yanına geldik. Bir tanesinin üzerine iliştirilmiş kâğıtta basılı isimler, haftanın günleri ve semtler vardı. Islık öttürdüm, etkilenmiştim.

"Bir dönem bunları internetten görüyorduk," diye açıkladı Faust. "Teknik tarafı güçlü olan yakınlarımızdan bazıları bunun için bir uygulama bile geliştirdiler. Ama düşmanlarımız birkaç kez sistemimize sızıp sonra da planladığımız yer ve saatlerde karşımıza çıkınca mecburen bu eski moda kâğıt-mürekkep yöntemine döndük."

"Buradaki numa varlığı güçlü mü?" diye sordum.

"Hep daha kötüye gidiyor," diye mırıldandı Faust, parmağını çizelgenin üzerinde gezdirirken. "Hatta organize olmaya bile başladılar, kendilerinden başka hiç bir şey düşünmeyen eli kanlı ölümsüzler ne kadar organize olabilirse tabii. Bizim bölgedeki suç patronunun adı Janus. Ama başkaları da var... yakalamak için kırk fırın ekmek yememiz gereken daha büyük balıklar yani.

"Sana bir şey söyleyeyim mi –bir iki gün öncesinde bütün gözler Paris üzerindeydi. Millet hâlâ sizin Şampiyon'dan bahsetmeden edemiyor. Anlayacağın, o kıza burada ihtiyacımız var. Derhal."

İçim sanki büzüştü. Bir bu eksikti: Kate'le ülkeler arası saklambaç oynamak. Eğer o gelirse, burada kalmamın imkânı yoktu.

Faust bir isim satırının üzerine gelince durdu. "Bir bakalım. Yeşil ekip gün doğumu vardiyasında. Birkaç dakikaya çıkarlar, Williamsburg ve çevresini turlayacaklar. Bizim buraları tanıman açısından senin için iyi olur."

"Teşekkürler," dedim. "Bu yürüyüşe gerçekten ihtiyacım var."

"O dayanılmaz arzu noktasına mı geldin?" diye sordu Faust, endişeli endişeli. "Ne kadar oldu?"

"Öldüğümden beri mi? Sadece birkaç ay."

"Muhtemelen Paris'teki o numa-katli cümbüşünden sonra iyice karanlık enerjiyle doldun," dedi, yine o keşke-ben-de-orada-olsaydım bakışıyla. Faust kavgayı seviyordu, orası barizdi. Kesin Ambrose'la takım olması lazımdı–ikisi bir arada mümkünatı yok durdurulamazlardı.

Başımı öne doğru salladım. "Altı tanesini öldürdüm."

Islık öttürdü. "Bir süre idare edersin, o zaman. Senin sırf hava almaya ihtiyacın var galiba?" diye espri yaptı.

"Sayılır," dedim. "Biraz kafamı dağıtmak iyi olur."

* * *

Yükleme rıhtımının orada, yani programda belirtilen buluşma noktasında dikilip "Yeşil" ekibin gelmesini beklemeye koyuldum. Ellerim palto ceplerimde en dibe kadar sokulmuş, bir aşağı bir yukarı zıplayarak biraz olsun ısı yaratmaya ve Paris'teki yakınlarımın ne yapıyor olduğunu düşünmemeye çalışıyordum. Yeni Şampiyonlarıyla zaferlerini kutluyorlardı herhalde. Birden gözümün önüne Kate'in yüzü geldi; çok değil daha iki gün önce, savaşın ortasında kana, çamura ve küle bulanmış, bardia aurasıyla altın ışıltılar saçan o hali. Ölüp dirilmiş olmak surat hatlarını değiştirmemiş olsa da, benim gözümde her zamankinden daha güzeldi.

Göğsüm acıyordu. Onu unutmam ne kadar sürecekti? Arkamdaki buz tutmuş kaldırımda çatır çutur ayak sesleri duyunca birden rahatladım.

Döndüm. Konseydeki kız gelmişti. Buzlar Kraliçesi. *En azından ortamını bulmuş,* dedim içimden, nefesim pof diye kalın bir buğu şeklinde çıkarken.

"Marchenoir," dedi, yüzünde boş bir ifadeyle selam vererek. Buz gibi. Diz altına kadar inen kapitoneli paltosuyla sarmalanmıştı, uzun siyah saçları da patlıcan rengi, gevşek örülmüş bir berenin içinden sarkıyordu.

Ben de ona bel-bükmeli, kol-yana-açılmalı tam bir reveransla karşılık verdim. "Hizmetinizdeyim." Kendime engel olamamıştım, cephe alan tavrını kırmaya mı, yoksa soğukluğu yüzünden sırf onu kızdırmaya mı çalışıyordum emin değildim. Belki ikisi birdendi.

Beni görmezden gelip arkamızdan, ısınmak için eldivenli ellerini kollarına sürte sürte koşar adım gelen Faust'u seyretti. "Palmer'la yer değiştim," dedi Faust, bana dönüp sırıtarak. "'Karşılama temsilciliği' sorumluluklarımdan kaytarmak istemem. Gerçi Whitefoot sana işin raconunu gösteremeyeceğinden değil tabii." Kızın omzuna şakacıktan yumruk atınca kız da ona öyle bir gülümsedi ki New York'taki karların yarısını eritememesine şaştım.

Nasıl beceriyordu anlamıyordum... bir saniye içinde kuzey kutbundan tropikal iklime geçmeyi yani? Normalde etkilenirdim, ama o anda benim de kutup ayısından farkım yoktu.

Faust büyük bir çabayla bakışlarını kızınkilerden koparmayı başararak bana iki tarafında da birer kılıf olan bir kemer uzattı. "İki silah mı?" dedim. Başını öne doğru salladı. Ben de kemeri belime taktım. "Kısa-kılıç," dedi, bir tane de bıçak uzatarak. Kılıcı kemerime sokmadan önce inceledim: Yepyeniydi. Fransa'da kullandığımız antika modeller gibi değildi, ama iyi yapılmıştı. "Bir de Glock," dedi, tabancayı elime uzatarak.

Şaşkın şaşkın yüzüne baktım.

"Yeterli olur, gerçekten. Otomatiğe pek ihtiyacın olmaz," diye açıklama yaptı bir de, yüz ifademi yanlış anlayarak. "Bir seferde birkaç numadan fazlasıyla hiç karşılaşmışlığımız yok. Hatta zombi avında değilsek o bile çok nadir olan bir şey. Bugünkü sadece bloğun etrafında her zamanki yürüyüşlerimizden biri."

"Whitefoot'a" şöyle bir baktım. Şaşkınlığımla eğleniyordu. "İster beğen ister beğenme, tabanca Amerikan usulüdür. Önce sersemletmek için kafaya ateş edersin, sonra bıçağını kullanırsın," diye açıkladı.

Lucien'in La Maison'a girmek için Gaspard'ı yok etmeye çalışma yöntemi de buydu, hatırlıyordum. Kafasına sıkıp sonra –mermi Gaspard'ın kurşun-kabul etmez etinden kendi kendine dışarı çıkarken– kılıçla başını kesmişti.

Demek Amerikan usulü ha? Lucien Kate'in kılıcının ucunda sonuyla yüzleşmeden önce hiç Amerika yolculuğu yapmış mıydı merak ediyordum doğrusu.

Tabancayı kılıfına soktuktan sonra uzun yün paltomun iki yakasını da iyice çekerek silahların üstünü kapattım. Buzlar Kraliçesi, yok yok "Buzlu", çoktan dönüp yürümeye başlamıştı bile; hâlâ ilk adını bilmediğim için ben de ona isim takmaya karar vermiştim. Eliyle yukarıyı işaret ederek, "Eski çalışma arkadaşların bizimle, Faust," dedi. Ardından havaya konuşarak, "Ryan, sen Marchenoir'la git, Tirado Faust'la, ben de Oreo'ylayım," diye devam etti. "Haydi bakalım kımıldayın."

"Uçuşta üç tane mi ruh var?" diye sordum.

Faust omuz silkti. "Bu da bir başka Amerikan usulü desene."

Pekâlâ. Silahlar. Yürüyüşteki her geri dönen için uçuştaki bir geri dönen. Bunları kabul edebilirdim. Bunlar beni her seferinde şaşkına uğratan ufak tefek kültürel farklılıklardı. Tıpkı soyadı/takma isim meselesi gibi: Burada yakınlar arasındaki sohbet daha çok ordu içindeki konuşmaları andırıyordu. Gerçi tek bir şehirdeki iki yüz bardianın bizim Paris'teki çok daha küçük topluluğumuz kadar sıkı fıkı olması mümkün değildi elbette. Ki şu anda bu benim için biçilmiş kaftandı. Kol mesafesini koruma fikri hiç de fena sayılmazdı.

Nehirden uzaklaşarak yürümeye koyulduk ve Brooklyn'in Williamsburg isimli semtinin merkez kısmına doğru girdik. Bana tahsis edilmiş uçuştaki ruhun sesi zihnimde canlandı. *Hey Fransız, ben Anthony Ryan, Sıfır Noktası. Arkanı kolluyorum, merak etme.*

"Selam," diye yanıtladıktan sonra Buzlu'yla Faust'un da kendi görünmez ortaklarıyla yoklama yaptıklarını işittim. Hayalet işi iletişim yalnızca tek yönlü çalışıyordu. Onlar bizim kafamızın içine girebiliyorlardı –ama biz onlarınkine giremiyorduk. "Bana Jules diyebilirsin."

Tamamdır, Fransız, diye cevap verdi ses.

Buzlu emirler yağdırmaya başladı. "Ryan, sen kuzeye Greenpoint'e doğru yönel. Tirado, Bushwick Bulvarından dümdüz devam. Oreo, sen de Bed-Stuy ve Navy Yard taraflarını tara. Bizim bulunduğumuz yere yirmi dakikalık yürüme mesafesi içinde başlayın, sonra geri geri süpüre süpüre bize doğru gelin." Uçuştaki ruhların bizden ayrıldığını hissettim, işte bir kez daha buz kesen sabah ayazında sokaklarda dolaşan üç ölü adamdık –pardon, iki ölü adamla bir ölü kız olacaktı.

Yürürken Faust etrafı göstermeye başladı: Ana caddenin adı Bedford'du. Son birkaç on yıldır buralar yükselişe geçmişti, bir tarafta Polonyalı ve İtalyan göçmenlerin, diğer taraftaysa Avrupalı Musevi ve İspanyol nüfusların yerini lüks daireler ve varlıklı kiracılar almıştı. Yepyeni barların, restoranların önünden geçerken daracık kotlu, sakallı erkeklerle, gözleri kalın kalın, kuyruklu kuyruklu sürmelenmiş, dövmeli kızlar gördük.

Meydana gelen bu değişim bardialar için hayatı kolaylaştırmış. Semt nesillerdir burada yaşayan ailelerle doluyken, tedbirli olmak her gün başlı başına bir kaygıymış. Oysa şimdi sürekli taşınan ve ayrılan insanlarla, hiç değişmeyen suratlarını saklamak konusunda endişe etmelerine gerek kalmamış.

Şu benim uçuştaki ruhun kendini tanıştırışı aklıma geldi. "Sıfır Noktası ne demek?" diye sordum.

"Ne olmuş Sıfır Noktasına?" dedi Faust.

"Ryan kendini öyle tanıttı da," diye soruya açıklık getirdim.

Faust yanıtladı, "Sıfır Noktası. İkiz Kuleler. 11 Eylül..." Henüz sözünü bitirmeden jeton düştü. "*Onze semptembre,*" diye tercüme ettim, "Tabii ya. Ryan orada mıydı?"

"Hepimiz oradaydık," diye cevap verdi Faust, "Depo'da tanışacağın konsey-öncesi aşamasındaki biz yenilerin çoğu yani. O gün tüm New York tarihi boyunca meydana gelenden daha çok bardia meydana geldi." Yüzü karardı. "Birkaç tane de numa."

Döndük, Williamsburg Köprüsüne doğru yöneldik ve nehir boyunca onu takip etmeye koyulduk. Buzlu bir iki adım önümüzden yürüyordu, ama her kelimeyi dinlediğinin farkındaydım.

"Fransa'da biz de olan bitenleri duyduk," dedim. Sonra Faust'un biraz önce söylediği şeyin sonuçlarını düşündüm. "Ama ölenler çok fazla gündeme geldi! Her yerde suratlarınızın bulunduğu broşürler dağıtıldı. Canlandıktan sonra New York bölgesinde bile nasıl kalabildiniz ki?"

"Gold aramızdan kurtardıklarının ölü olarak kayda geçirilmesini ve arama listelerinden çıkarılmasını sağladı. Kendilerini tanıyabilecek aileleri ya da yakın çevreleri olanlar daha uzağa yerleştirildi. Ryan, Tirado, Oroe ve ben... hepimiz kalmaya karar verdik. Benim annemle babam vefat etti, ama bir ufak kız kardeşim var, ona göz kulak olmak istiyorum. Uçuşta olduğum zamanlarda onu ziyaret ediyorum." Sessizleşti, ayaklarının önündeki zemine bakarak dalıp gitti.

Onun için zor olmalıydı. Yüzünü gösteremediği ama hâlâ hayatta olan bir aile üyesi vardı. Ben canlanmadan önce tanıdığım, bildiğim herkes nesillerdir zaten ölüydü.

Faust aklımı okumuş gibi başını kaldırıp bana baktı. "En azından sevdiğim şeyi yapabiliyorum: Hayat kurtarıyorum. Tabii ilk itfaiyeci olduğum zaman ebedi bir anlaşmaya imza atıyor olduğum hiç aklıma gelmezdi..."

Bildim! dedim içimden. Bir asırdır insanları gözlemlemenin karşılığını bir kez daha almıştım işte.

"... ama var olmak için daha iyi bir neden düşünemiyorum."

Buzlu yavaşlayıp kolunu Faust'un omzuna atarak ona yandan sarıldı. "New York'un en iyilerinden biridir," dedi ve Faust'u yanağından öperek beni bir kez daha hayrete düşürdü. Faust ona üzgün üzgün gülümsedikten sonra birden havaya bakarak dinlemeye başladı.

"Tirado, Bushwick ve Devoe üzerinde bir şey yakalamış. Cani ikizlerimizden üç tanesi... yoldalarmış, bela peşindeler hiç şüphesiz.

"Sabahın bu saatinde mi?" dedim, üçümüz de koşar adım Faust'un işaret ettiği noktaya doğru yönelirken.

"New York: Hiç uyumayan şehir," diye alıntı yaptı Faust.

Buzlu koşarken bir yandan da beni bilgilendirdi. "Paris'teki savaşınızın haberleri bizim şehrin numalarına ulaştı mı, ulaştıysa tepki verecekler mi, bu onlar için bir fark yaratacak mı diye merak ediyoruz da. Son on yıl içinde faaliyetleri istikrarlı bir şekilde arttı, ama bu aralar bize sanki... farklı bir şey mayalanıyor gibi geliyor," dedi, Faust'un söylediklerini teyit ederek.

Sonra bana baktı ve boş-ekran suratında bir endişe kıvılcımı yanıp sönerek esrarengiz bir şekilde, "Size şampiyonunuzu veren kara kehanet sadece Fransa için geçerli değil," dedi. "Burada da Üçüncü Çağdayız, biliyorsun."

ÜÇ

YANLARI ÇATI KİREMİDİYLE KAPLANMIŞ GİBİ DURAN DÖRT katlı, kutu şeklinde bir binaya geldik. Yeşildi. Çirkindi. Aslında umurumda olmamalıydı, ama Paris'in güzelliğine alışmıştım, elimde olmadan bedenimi büzüştürdüm. Sanki mimar projenin üzerine kusmuş, sonra da böyle iyi göründüğüne karar verip bırakmıştı.

Geri döndüm, Fransız. Beni özledin mi? dedi Ryan kafamın içinde. Faust'la Buzlu'nun da havaya konuştuklarını görünce uçuştaki ruhların tekrar bir araya toplandığını anladım. "Ne görüyorsun?" diye sordum Ryan'a.

En üst kattaki daire, diye cevap verdi. *Üç numa, karşılarında da güven-fonu-satmaya-çalışıyormuş-gibi-görünen yirmilik gençler.* Sesi bir an yok oldu, sonra geri geldi. *Çocuklar zombiler adına uyuşturucu satıyorlar ve paranın hepsini teslim etmemişler. Tipik polisiye TV dizisi senaryosu. Ben bile daha güzel bir metin yazardım. Ah harika... işte uçuştaki numalar da geliyor.*

Buzlu kendisi için görevli ruhla biraz daha konuştuktan sonra şöyle bir duyuru yaptı: "Pekala, kendi başımızayız. Numaların her biri yanında birer uçucu getirmiş ve bizimkileri engelliyorlar. Takviye kuvvet getirsin diye Oreo'yu Depo'ya geri yolladım ama bakalım. Ryan, Tirado, bizimle kalmak için elinizden geleni yapın."

Bakışlarını boşlukta diktiği noktadan alıp Faust'la bana çevirdi. "Sizin uçuculardan ne haber?"

"Üç numayla onlar için uyuşturucu satışı yapan yirmili yaşlarda dört çocuk varmış, işler sarpa sarmış," diye özetledi Faust, parmaklarını silahlarında gezdirerek binanın tepesine bakıp.

"Bende de aynı," dedim, "Ryan en üst kat diye belirtti."

"Oreo'da daha fazlası vardı," dedi. "Bir numa çocuklardan birini aşırı doza zorlamış. Opioid iğnesi yanında mı?" diye sordu Faust'a. Faust başını sallayarak onayladı. "İki girişimiz var: biri ana kapıdan, diğeri arka taraftaki yangın merdiveninden. Faust, sen oradan yukarı fırlayıp çıkışı tut." Faust harekete geçip binanın yan tarafına bodoslama daldı. "Benden işaret bekle, sonra da eğer yapabilirsen camı kırmadan içeri gir," diye arkasından bağırdı Buzlu. Faust da duyduğunu belli etmek için elini salladı.

Buzlu kararlı adımlarla ön kapıya giden merdivenleri tırmanırken ceplerini karıştırmak için düğmelerini açınca uzun, kapitoneli paltosu yanlara uçuştu; cebinden koca bir dizi anahtar çıkardı. Apartmanın kapısındaki kilidi incelemek için eğilip, "Schlage tek silindirli," diye mırıldandı ve anahtar koleksiyonunu karıştırmaya başladı. Bir tanesini kilide soktu, çevirdi, kapıyı açtı. O önde ben arkada ufak bir ön hole girdiğimizde karşımızda bir kilitli kapı daha bulduk. Yan tarafta kutuların ve zarfların gelişigüzel yığılmış olduğu bir sehpa duruyordu.

Buzlu hiç tereddüt etmeksizin büyükçe bir Amazon kutusunu eline aldı, üzerini okudu, Daire 1 etiketli zile bastı ve "Kim o?" sesi gelince, "FedEx," diye cevap verdi. Kapının otomatiği açıldı,

Buzlu'nun kutuyu 1 yazan kapıya doğru fırlatmasıyla oradan uzaklaşmamız ve sessizce merdivenlerden yukarı çıkmamız bir oldu.

Arkamızdan bir kapının açıldığını, birinin kutuyu sürükleye sürükleye içeri soktuğunu, sonra da kapının kapandığını duydum. *İyi numara*, dedim içimden hayranlıkla; New York bardialarının şehir dışından gelenleri ortalığa salmadan önce kendi yöntemlerine göre eğitmekte neden bu kadar ısrarcı olduklarını şimdi anlamıştım. Şu anda ihtiyacımız olan son şey birilerinin dikkatini çekmekti ve kilitli bir binaya kimsenin dikkatini çekmeden girmek için kullandığı bu basit teknik benim hayatta aklıma gelmezdi. Paris'te olsa her binaya girebilirdim, ama burada yolumu şaşıracağım kesindi.

En üst kata çıktığımızda Buzlu kapının önünde durdu, kulağını dikkatlice kapıya bastırdı ve kapı kolunu yavaşça çevirip test etti. Kapı kilitli değildi.

Sadece silahını çıkarıp kılıcını paltosunun altında saklı bırakınca ben de aynısını yaptım. Glock elimi dolduruyordu, üstüne vidalanmış susturucuysa zaten okkalı olan aleti büsbütün ağırlaştırıyordu. Ambrose, Vincent ve ben Körfez Savaşı sırasında kendimize Paris'teki bir büyükelçilikte gizli güvenlik güçleri süsü verdiğimizden beri bunlardan hiç elime almamıştım.

"Kapıya hangisi yakınsa onu sen al," diye fısıldadı, ardından parmaklarını dudaklarının arasına yerleştirdi, kulakları sağır eden bir ıslık öttürerek kapıyı ittirip açtı ve kapının arkasında her kim varsa onu şöyle sağlam bir savurup attı.

Kısa bir koridora girdik. Açık kapı dairenin arka tarafına erişimi engelleyerek ardındaki her kimse onu Faust'un ellerine bırakıyordu. Sola dönünce kendimizi karman çorman bir salonun içinde bulduk, kırık dökük mobilyalar etrafa saçılmıştı ve kapalı perdeler sabah güneşinin içeri girmesine mani oluyordu. İki genç adamla bir kız kanepede birbirlerine sokulmuş ağlaşırken, kan kırmızısı hatlar çizen auralarıyla zebella gibi iki numa onların üstüne çökmüş, hatta bir tanesi esirlerine silah doğrultmuştu. Bir başka çocuk da hemen onların ayaklarının dibine devrilmişti; gözleri açıktı, ama belli ki bilinçsizdi... çoktan ölmediyse tabii.

Bunların hepsini bir bakışta kafama yazarken, kapının arka tarafından susturulmuş silahtan çıkan tok küt sesini duydum, Faust seslendi: "Biri gitti."

Faust daha sözünü bitirmeden Buzlu da silah tutan adama bir kurşun saplamıştı bile. Adam yere düştü. Buzlu'nun yanından hışımla geçip tabancamı silahına davranmak üzere olan sonuncu numanın şakağına dayadım. Tabancasını yere bırakıp ellerini havaya kaldırdı.

"Çabuk," dedi Buzlu kanepede oturan çocuklara. "Tuvalete girip siper alın, kapıyı da arkanızdan kilitleyin."

İkinci kez söylemesine gerek kalmadı. Çocuklar bir saniye içinde ayağa kalkıp birbirleriyle yarışırcasına kendilerini odanın karşı tarafındaki kapıdan içeri atıp gözden kayboldular. İçeriden kilidin döndüğünü duydum, ardından ölüm sessizliği oldu.

"Burada ne yapıyorsunuz?" dedi Buzlu, yere devirdiği numanın üzerine basıp benimkine doğru gelerek.

Numa hafif bir kasılma hareketi yapınca ben de namluyu kafasına daha sıkı bastırdım.

"Neye benziyor? İş yapıyoruz," diye homurdandı.

"Kimin işi? Janus'un mu?" diye sordu Buzlu.

Adam gözlerini kısarak ona baktı ve başını öne doğru salladı.

"Demek sırf bir avuç aptal çocuğu korkutmak için kas gücünü karargâhımızın on blok dibine kadar gönderecek cüreti gösteriyor? İşler tıkırında herhalde."

Adam sadece ona düşmanca bakmakla yetindi.

"Bizim mahallemizdesiniz, hem de sabahın sekizinde, güpegündüz. Bu bana sen ve arkadaşların hakkında ne söylüyor, biliyor musun?" diye sordu Buzlu.

Adam cevabı düşünüyormuş gibiydi ki daha bir sonuca varamadan Buzlu tabancasını adamın iki gözünün tam ortasına nişan alıverdi. "Harcanabilir olduğunuzu," dedi ve tetiği çekti.

Adam yere yığılırken, arka tarafımdan metalin tahtaya çarpmasına benzer bir tıkırtı geldi. Dönünce bir de baktım ki Buzlu'nun ilk vurduğu numa parmaklarını oynatıyordu ve etinden çıkan kurşun alnının bir iki santim ötesine düşmüştü. Ufak kan göletinin içinde yattığı yerden kendini kaldırmaya yeltendi.

"Kılıçlar," dedi Buzlu ve üçümüz birden kılıçlarımızı çektik. Faust ve yere düşen numası açık sokak kapısının ötesindeki koridordan görünüyorlardı. Bir saniyelik bir sessizlik oldu, kılıçları havaya kaldırdık, sonra hep beraber indirdik.

"Bizi kötülerden kurtar," diye mırıldandı Faust istavroz çıkararak, sonra numanın kafasını ayağıyla ittirip kapıyı kapattı. Kara enerji dalgası üstümüze hücum ederken, Faust'un yumruklarını sıktığını ve sanki bir adrenalin iğnesi yemiş gibi göründüğünü fark ettim. Buzlu'ysa gözlerini kapatmış, derin derin nefes alıp vererek kendi enerjisini depoluyordu. Benimki de bana akın edince ürperdim. Numa öldürmenin büyük ödülüydü bu: Öldüklerinde enerjilerini biz alıyorduk. Dünyadan bir kötü adam daha eksilterek de hediyemizi sunmuş oluyorduk. Kazan-kazan durumu söz konusuydu yani.

"Aşırı doz alanla ilgilen," diye seslendi Buzlu Faust'a. Faust da çabucak bilincini kaybetmiş çocuğa bakmak üzere harekete geçti. Buzlu bu sefer bana döndü. "Aşağı inip destek ekibimizi içeri al," diye emretti.

Evden çıkarken, Buzlu'nun banyoya gidip kapıyı çaldığını gördüm. "İçeride herkes iyi mi?" diye sordu. Kapının ardından boğuk sesler halinde onaylama cümleleri duyuldu. "Şimdilik olduğunuz yerde kalın. Biraz dişinizi sıkın. Hepiniz kurtulacaksınız."

Sesi sağlam ve güven veren bir tondaydı, ama arkasını dönüp gözleri benimkilerle buluştuğunda anladım ki aslında yarı-gerçeği söylüyordu. Bu çocuklar bu olaydan sağ kurtulmuşlardı kurtulmasına, ama numa batağına gırtlaklarına kadar batmış durumdalardı. Gerçek anlamda kurtulmaları için bizim tarafımızdan, tabii yardımımızı kabul edecek olurlarsa, epey bir müdahale gerekecekti.

Buzlu işlerin burada nasıl yürüdüğünü iyi biliyordu. Bir süredir buralardaydı, ama çok uzun bir süre değil. Aurasından, gözlerinden anlayabiliyordum, benden çok daha genç bir geri dönendi. Ama onda gördüğüm güç, tabiatına dair kafamda hiç soru işareti bırakmıyordu. Normal görünmeye, yakınlarıyla samimi olmaya, herkesle eşitmiş gibi davranmaya çalışıyordu. Oysa ben hiyerarşinin yüzyıllarca, hatta binyıllarca hüküm sürdüğü bir yerden geliyordum. Ne hakiki liderler gelip geçmişti: Hepsini Gaspard'ın arşivlerinden okumuş, birkaçıyla da meclis toplantıları sırasında tanışmıştım. Ve hiç şüphesiz biliyordum ki bu kadın onların arasında yerini almak için doğmuştu. Kraliçe olmak için. Buzlar Kraliçesi şöyle dursun, Buzdan Kraliçe olmak için. New York'un Kraliçesi olma potansiyeli taşıyan bir kızın huzurundaydım.

DÖRT

GEÇMEK BİLMEYEN İKİ AYDAN SONRA İŞLER DAHA İYİYE GİTMEDİ. Her yeni gün anıların tıpkı birer kurşun gibi delik deşik ettiği ve kaybın, bıçağıyla döndüre döndüre bağırsak deştiği kendine ait ayrı bir ölüm gibiydi. Kate'in hatıraları ve hiç olmayacak bir sevginin özlemi yetmezmiş gibi, bir de en iyi dostumu kaybetmiştim. Ruh halim, yetmiş yılı aşkın süredir yakın olduğum bir kardeşin yoldaşlığına duyduğum hasretle, Kate'in aşkına sahip olmasından dolayı ona duyduğum öfke, içerleme arasında gidip geliyordu.

Sonra bir de Jean-Baptiste vardı. Ben ona hiçbir zaman Vincent kadar yakın olmamış olsam da adamı sever, sayardım. Gaspard'a bu yaslı döneminde destek olmak için yanında olmalıydım. Geri kalan her şeyin üstüne bir de bunun vicdan azabını çekiyordum.

Vincent'ı kaybetmek sağ kolumu kaybetmek gibiydi. Kalbim de Kate'te olduğuna ve Gaspard'ı terk ettiğim için kendimi omurgasız hissettiğime göre, vücudumdaki uzuv ve organlarda epey bir eksiğim olduğunu söylemek mümkündü.

Hayatta kalabilmemin tek yolu dur durak bilmeden hareket etmekti. Çevremde hep birilerinin olmasına çok özen gösteriyordum, böylece düşünmeye vaktim kalmıyor ve ölmekte olan bir yıldız gibi içeriye içeriye patlamaktan kurtulmuş oluyordum.

Durmadan yürüyordum. Seçilmiş iki bölgemin, hem Brooklyn'in hem de Manhattan'ın sokaklarını şimdiye dek iyice öğrenmiştim, öyle ki kafamda tam doğru bir cadde ve sokak haritası çıkarabilecek düzeydeydim. Günde üç dört saatlik vardiyalara yazılıyordum. O ilk günkü istisnadan beri New York numaları gözden uzak duruyorlardı, hem de şüphe uyandıracak kadar, ama kurtarma olaylarından emdiğim yaşam enerjisi sayesinde ayaktaydım, çünkü beni sürekli dinç tutmaya yetecek kadar çok intihar vakası, evsizlerin dertleri, aile içi şiddet olayları ve ölümlü olmaktan kıl payı dönen kazalar oluyordu.

"Oğlum, yarışmada değiliz," demişti Faust, bir gün stüdyomdaki aynada saçlarımı kırpmakla meşgulken. "Başkalarından daha çok insan kurtarınca ekstra puan toplamıyorsun."

Faust kusursuz bir karşılama temsilcisi olmuştu. Beni Depo'daki odama taşımış ve içini istediğim mobilyalarla döşetmişti. (Aslında umurumda değildi, ama detaylar konusunda öyle ısrarcı olmuştu ki sonunda oda, imrenilecek East River manzarasıyla yerden tavana kadar uzanan pencereler haricinde, Paris'teki odamla hemen hemen aynı görünüme kavuşmuştu.) Bana havaya uygun kıyafetler aldırmış, silahhanede ihtiyacım olan şeylerin bulunmasını sağlamış (kendimi "evimde gibi hissedeyim" diye antik kılıçlar getirtmiş) ve beni yakınlarımız içindeki sanatçılarla tanıştırmıştı–ki sayıları epey fazlaydı. Sanki Amerika'daki her geri dönen sanatçı burada olmaya can atıyordu.

Hatta Faust büyük bir azim ve cesaretle Depo'daki ilk Gece Yarısı Çizim Grubu toplantımda bana eşlik etmişti. Ama insan modelimiz gelmeyince poz vermek üzere seçilen bardia kız kardeşlerimizden Gina bar taburesinin üzerine tüneyip de sabahlığını yere düşürüverince, Faust'un da çenesi aşağı düştü. Kızın tepkisiyse aynen şöyle oldu, "Ya çiz ya da bas git, Faust." O günden sonra Faust bir daha gelmedi. Üçüncü-nesil İtalyan-Amerikan yetiştiriliş tarzı ve New York itfaiyesindeki sert-adam görevi onu benim takıldığım sanatçılar gibi insanlar için hiç mi hiç hazırlamamıştı.

Bir gece, yanımda çizim yapan Gina çizdiğim kızın bar taburesinde oturmuş bize poz veren modelle hiç alakası olmadığına dikkat çekti. Cevap vermedim –ne diyebilirdim ki? Ondan sonra bir daha kimse çizdiğim her kadının aynı olduğu gerçeğini dile getirmedi. Konum modelimizinkiyle aynı oluyordu, gölgeler ve ışık da stüdyomuzdakiyle örtüşüyordu, ama surat hep Kate'in suratı, vücut hep onun vücuduydu. Kara kalemim kendi iradesiyle hareket ediyordu, parmaklarımsa onun köleleriydi.

Bir gece geç saatlerde, Gold uğrayıp Paris'ten bir mesaj getirdi. Çizim defterimdeki kıza şöyle bir baktığı zaman aklında bir şeylerin yerine oturduğunu görebildim. Bakışlarını sayfadan zorla koparak, "Sana gelen bir şey var," dedi ve elindeki kırık beyaz zarfı bayrak gibi salladı.

Uzandığımdaysa zarfı geri çekip cebine soktu. "Aslında seninle biraz sohbet edip arayı kapatırız diyordum." Çizimlerine konsantre olmuş yirmi küsur kişiye dönüp şöyle bir baktı. "Herkesi sekteye uğratmayacaksa, elbette. Mola vermek için vaktin var mı?"

Eskiz defterimi kapatıp kolumun altına sıkıştırdıktan sonra onu bir alt kata, odama götürdüm. "Çay?" diye sordum, Gold yaşam alanımı dikkatle incelerken. Duvarlara dayalı duranların yanı sıra mevcut her yüzeyin üzerinde birikmiş olan tablo ve çizim yığınlarına baktı. Çoğunda son birkaç haftadır kurtardığım insanlar vardı. Ötekilerdeyse, malum...

"Sütlü olsun," diye cevap verirken, kolları önde çaprazlanmış bir kızın ufak portresini eline aldı. Eski dostum Modigliani'nin tarzında boyamıştım bu resmi, bir nevi kız arkadaşı Jeanne'e hürmet amacıyla. Oysa kanvastan dışarı ceylan gözleriyle Jeanne bakacağı yerde Kate'in gülen gözleri taşıyor ve ona şaka yollu takıldığım zamanlarda takındığı hafif iğneleyici ama eğlenen o çarpık yüz ifadesi dudaklarının köşesindeki kıvrımda kendini ele veriyordu.

"Demek sebebi bu," dedi Gold, yanında duran sehpaya bir fincan çay yerleştirip mini buzdolabından da süt sürahisini çıkardığım sırada.

"Neyin sebebi?" diye sordum, neden bahsettiğini tam olarak bilmeme rağmen.

"Kalmanın sebebi. Son iki buçuk aydır durup nefes almaya vakit bırakmaksızın insanları kurtarmaya devam ederek üstün başarı gösteren bir Süpermen gibi davranmanın sebebi. Ya da senin durumunda, durup hatırlamaya vakit bırakmaksızın demek daha doğru."

"Evin psikoloğu görevini de mi üstlendin?" dedim, kendi fincanımı dudaklarıma götürüp yasemin kokulu buhar bulutuna üfleyerek.

"Ne pahasına olursa olsun bundan kaçınmaya çalışıyorum aslında," dedi Gold. Kendi kendine güldü ve sonra da bakışlarını tekrar tabloya indirdi. "Burada hiç kimse ne derdin olduğunu bilmiyor. Yakınlarımızdan hiçbirine açılmamışsın. Faust'a bile, ki o çocuk neredeyse yedi gün yirmi dört saat seninleydi."

"Yani karşılama temsilcileri size ajanlık da mı yapıyor?" dedim ve bunu der demez de pişman oldum. Faust karşılama ve ağırlamaktan çok daha fazlasını yapmıştı. Bana dost olmuştu. Kabuğumu kırmaya çalışmıştı evet, ama içeri kimseyi almıyordum. Hem içerideki keşmekeşi görmek istemezlerdi zaten.

Gold yüzümde her ne gördüyse yorumumdaki kabalığı affedip konuyu değiştirmesine yol açtı. "O zaman bu, düğün için Paris'e gitmeyeceğin anlamına geliyor tahminimce?" Fildişi renkli zarfı bana uzatıp ellerini ceplerine soktu ve pencereye doğru yürüdü. Simsiyah nehrin üzerinden şehrin kısık ışıklarına baktı.

Çayımı bırakıp zarfın içinden gümüşi mavi mürekkeple yazılmış krem bir kart çıkardım.

Charlotte Violaine Lorieux et Ambrose Bates
ont la joie de vous faire part de leur mariage
le samedi 28 mai
A l'église de la Sainte-Chapelle, Paris

Demek Ambrose'la Charlotte –tarihe baktım– numalarla yaptığımız destansı savaştan tam üç ay sonra evleniyorlardı. Ambrose'un hemen birkaç saat önceki bir çarpışma sırasında meydana gelen yaralanmasından dolayı kaçırmak zorunda kaldığı savaş. Numalar tarafından ele geçirilip yakılmasın diye Charlotte'ın ölü bedenini arenanın kenarına sürüklemesinde Kate'e yardım ettiğim savaş.

Tabii ki taze aşklarının alevinden haberim vardı. Gaspard bana her hafta mektup gönderiyor –el yazısıyla yazıp postaneye veriyor– ve beni Paris cemaatiyle ilgili olan bitenlerden haberdar ediyordu.

Bir kere de Ambrose yeni yakınlarım tarafından verilen cep telefonundan beni aramıştı. Evlenme teklif ettiğini söylemişti. Ve Charlotte'ın kabul ettiğini. Pek tabii. Ambrose haricindeki her idiot bile kızın ona onlarca yıldır âşık olduğunu biliyordu. Ama Ambrose için bu aşk bir keşif, bir ilham, bir aydınlanmaydı ve konu hakkında ne kadar konuştuysa içimdeki delik de o oranda büyümüş, yarattığı boşluk tüm sözcüklerimi yutmuştu; en sonunda Ambrose beni çok sevdiğini ve hepsinin beni çok özlediğini söyleyip telefonu kapatana kadar.

Ben asla aşk istememiştim. Kate'e kadar. Ve şimdi aşk beni için için yiyip bitirmekle kalmıyor, bana eskiden ne kadar aptal olduğumu hatırlatıyordu. Ne kadar sığ. Ambrose'la Charlotte gibi mutlu olabilecekken, boşa geçen onca zaman. Ya da Vincent'la Kate gibi. Peki, ya Kate benim için doğru kişiydiyse? Bana süreklilik özlemi duyduran ilk kız oydu. Belki de o doğru kişiydi ve ben hislerimden haberdar olması için yeterince çaba göstermemiştim? Ya daha erken dürüst davransaydım, ne olacaktı?

Hayır, o ve Vincent birbirleri için yaratılmışlardı. O kadarı barizdi. Ben sadece olmayacak bir şeyi istemekle lanetlenmiştim. Kahrolası kalbim –sonunda– atmaya başlamıştı, ama yanlış kişi için. Şimdi tıpkı açık bir kapı gibiydi, hiçlik için... hiç kimse için... ardına kadar açık. Ve onu tekrar nasıl kapatacağımı bilmiyordum.

Kafamı kaldırdığımda Gold'un cevap beklediğini gördüm. "Imm, hayır. Düğüne gidebileceğimi pek sanmıyorum. Çok erken. Burada işlerim var."

"Yanlış cevap," dedi Gold. Dönüp tekrar şehrine baktıktan sonra yavaş yavaş yanıma doğru gelirken her yerinden otorite fışkırıyordu. Burası onun dünyasıydı, bir asırdan fazla süredir de böyle olmuştu. Bense sadece radarında bir bip sesiydim. Oradan geçiyordum.

"Gitmeni istiyoruz."

"Ne?" diye haykırdım. "Bu da ne demek oluyor şimdi? Eğer *kendin* gitmek istiyorsan, eminim gelinle damat yerimi almanı sorun etmez."

Gold bakışlarını bana çevirdiğinde, sabrın resmi gibiydi. "Bize katıldığın zaman, klanın hayrı için çalışmayı kabul ettin. Devriye gezmek konusunda üstüne düşenden çok daha fazlasını yaptığını kimse inkar edemez. Ama yapılması gereken başka işlerimiz de var ve bu durumda, bu işleri yapması gereken kişi sensin."

BEŞ

GOLD CEKETİMİ ALIP BANA FIRLATTI. BENSE GÖZLERİME inanamaz bir halde donmuş kalmıştım. "Haydi, yürüyelim, yolda anlatırım." Elimdeki davetiyeyi çekip alarak cebine koydu, ben de mecburen kalkıp silah kemerime uzandım.

"Ona ihtiyacın olmayacak," dedi, önemsemez bir tavırla. "Devriyeye çıkmıyoruz."

"Asla bilemezsin," dedim ve yine de kemeri taktım. Kılıfın içine kısa bir kılıç soktuktan sonra çeliği saklamaya yetecek kadar uzun kesimli deri ceketi üstüme aldım. Tabancamı masanın üzerinde bıraktım. Onu ihtiyacım olan zamanlarda yanımda taşıyordum taşımasına ama verdiği hissi sevmiyordum: Kılıcın yaydığı o neredeyse-canlı titreşimin aksine, onda ölü bir taraf vardı sanki.

Depo'dan çıkıp esintili Mayıs gecesinin içine doğru yürüdük, gece yarısı ayı rüzgârla dalgalanan suyun yüzeyine altın diskler saçıyordu. Nehirden Williamsburg'ün merkezine doğru ilerleyerek, camla kaplı yüksek yapılardan uzaklaşıp üç katlı, kahverengi-taştan evlerin bulunduğu mahallelere geldik.

Yürürken, Gold bana New York geri dönenlerinin yakın tarihi hakkında bilgiler vermeye başladı. İçimden bir ses şu özel görevle ilgili detaylar konusunda onu sık boğaz etmeyeyim diye öylesine vakit geçirdiğini söylüyordu, ama sözleri ilgimi çekince ben de bıraktım kendi bildiği eski yöntemle lafı dolandırabildiği kadar dolandırsın, hikâyesini anlatsın.

"Altmışlarda ve yetmişlerde," dedi, hafızasını yoklarken ellerini ceplerine sokarak, "New York numaları kontrolden çıkmıştı. Şiddet kol geziyordu, anarşi hüküm sürüyordu. Şehir tartışmasız Amerika'nın cinayet başkenti olmuştu. İşte o zaman biz bardialar yeni baştan organize olmaya ve kentteki geleneksel rolümüzü –yani tek tek insan kurtarmayı– sürdürmek yerine sistemin içine sızmaya karar verdik. Sonraki on yıl boyunca, bardiaları hem şehir idaresinde hem de devlette yetkili makamlara getirmeye odaklandık; polis teşkilatı, itfaiye, acil durum hizmetleri gibi. Ve doksanlarda işler tersine dönmeye başladı.

"Elbette, hiçbir zaman seçimlere adaylığımızı koymadık –o kadar göz önünde olmak istemedik. Ama bugün, her itfaiye amirinin, her emniyet müdürünün, her belediye meclisi üyesinin ve hatta belediye başkanının arkasında önemli bir bardia nüfuzu var. Görevde bulunduğu sekiz yıl içerisinde 'tek başına' New York şehrini temizleyen şu belediye başkanı Giuliani'yi duydun mu hiç?"

Başımı öne salladım. "Fransa'da bile adını duyduk."

Gold kıs kıs güldü. "Tabii kimileri fazla ileri gittiğimizi söylüyor. Şehrin bütün o seks dükkânları ya da yasal olmayan sokak satıcılarıyla birlikte karakterini de yok etmişiz. Belki doğrudur. Ama burada bütün inisiyatif insan günlerimden arkadaşım olan Tristan Fielding isimli bardiaya atfedilebilir. Neyse, biz hayattayken, yani on dokuzuncu yüzyılda New York çeteleri Aşağı Doğu Yakası'nda terör estiriyorlardı. Düşün, bir asırdan fazla süre sonra o suç mahallinde yer alan aynı numalardan bazıları hâlâ bela çıkarıyorlardı.

"New York idaresi insan pisliğini temizlerken biz de numa nüfusunun büyük bölümünü aldık, sonra da onları ya şehir dışına çıkardık ya da yok ettik. Böylece denge bir on yıl kadar bizim lehimize kaldı. Ta ki 11 Eylül 2001'e kadar."

O tarihi söylediğinde elimde olmadan ürpertiyle irkildim. Sanki sayılar bir arada söylendiği zaman karanlık bir güç barındırıyorlardı. Katıksız bir kötülük. "Faust bana o gün New York tarihinde görülmemiş sayıda bardia ortaya çıktığını söyledi."

Gold başını öne doğru salladı. "Burada iki kâhinimiz var –ben ve Coleman Bailey, hani konsey toplantısında yanında oturan. İkimiz günlerce uğraştık, bütün yakınlarımızı da bizimle çalışmak üzere seferber ettik. Numalar yaratıldığı sırada bunu göremiyor olmamız çok yazık. Öyle olsa onları daha canlanmadan yok edebilirdik."

"Ben sadece bir düzine kadar hava korsanı var sanıyordum. Sakın bana kule yangınlarında yanıp kül olduktan sonra tekrar canlandıklarını söyleme!" dedim.

"Yok, onlar sizlere ömür, bildiğimiz kadarıyla. Ama kötü kötüyü çekiyor işte, o günkü insan hayatı kıyımı düşmanlarımız için adeta bir mıknatıs görevi gördü. Ama daha da önemlisi bütün bunların arkasındaki kişiydi. Kitle ölümlerini tasarlayan çoğu kişinin içinde, insanlık dışı bir yerden gelen bir kötü öz oluyor. İster kendisi numa olsun, ister numalar tarafından yönlendirilsin, 9/11'in mimarının düşmanlarımızla yakın ilişkiler içinde olduğuna her türlü bahse girebilirsin."

"Senin bahsettiğin...," diye söze girecek oldum.

Gold birilerinin duymasından endişe eder gibi etrafa bakındı, ama yürüdüğümüz cadde bomboştu ve önünden geçtiğimiz çoğu ev de tamamen karanlıktı. "Neden ölümüne dair kamuoyuna sunulan herhangi bir fotoğraf ya da DNA kanıtı yoktu sanıyorsun? Denize gömüldü ha? Tabii. Kafası kopartılıp bedeni yakıldıktan sonra, belki. Lortların lordu olmuş bir numayı öldürmek için silahla vurmak yetmez. Pentagon'daki adamlarımız tamamen ortadan kalktığından, üç gün sonra mezardan çıkmayacağından emin oldular."

"Bardialar Pentagon'da mı?" diye sordum, hakikaten hayrete düşerek.

"Dediğim gibi, burada tarzımız içeri sızmak ve yönlendirmek. Sadece New York'ta değil, Amerika'nın her yerinde," dedi Gold sırıtarak.

Nutkum tutulmuştu. Sahiden de bunlardan hiç haberim yoktu. Bu ülke bizimkinden bin yıl daha gençti, ama vay canına, işlerini iyi biliyorlardı.

Büyükçe iki bulvarın arasında uzanan, bir blok uzunluğundaki bir ara sokağa girdik. Buradaki kahverengi taşlı binalar daha bir yuva sıcaklığındaydı ve sokak sanki sakinleri gizli sığınaklarıyla gurur duyuyormuşçasına pırıl pırıl, tertemizdi.

"Uzun lafın kısası," dedi Gold, tam ortasında pirinçten rakamlarla kocaman 16 yazan yeşil bir kapının önündeki beton merdivenlere yöneldiğimiz sırada, "buradaki numa nüfusu 2001'den beri patlama yaptı. Ve görünen o ki işler çığırından çıkmak üzere, bir şeyler yapılması lazım. Paris'teki gibi bir şeyler. İşte bu yüzden oraya gitmeni istiyoruz." Gold bakışlarını benden çevirip kapı zilini çaldı.

"Ama," diye söze başlamamla susmam bir oldu, çünkü kapı açıldı ve bütün o bakır tenli, kuzguni saçlı ihtişamıyla Buzlu'nun tepemizde dikildiğini gördüm. O uyuşturucu baskınından beri onu hiç görmemiştim ve içimden bir ses bunun tesadüf olmadığını söylüyordu. Etrafta olduğunu biliyordum –belli ki benden kaçıyordu.

Kanıtı: Gold'u gördüğü zaman gülleri gül açtı, ama onun arkasındaki gölgelerin içinden ben çıkınca, al sana kalın bir don tabakası.

"Ava, tatlım, seni görmek ne güzel," dedi Gold ve ona şöyle güzel bir Amerikan kucaklamasıyla sarıldı. Demek Buzlu Whitefoot'un bir ilk adı vardı. İyi ki eski kafalı Gold günün geleneklerine aykırı davranarak ilk ad hitabını kullanmıştı.

Kızı bıraktıktan sonra bana döndü. "Jules Marchenoir'ı hatırlarsın," dedi.

"Evet. İlk geldiği hafta birlikte yürümüştük. Bushwick'teki şu numaraları indirmiştik," dedi Ava kaskatı bir şekilde, ellerini kalçalarına koyup gözlerini bana dikerek.

"Ah doğru ya, unutmuşum," dedi Gold. "İçeri gelebilir miyiz?" Kızın bana karşı tepkisini o bile fark etmişti ve şaşkın bir halde, bedeniyle kapı girişini kapatmayı bırakıp bizi içeri davet etmesini bekliyordu.

"Tabii ki," diye cevap verdi Ava, kafasındaki sis bulutlarını temizler gibi başını iki yana sallayıp geçmemiz için kenara çekilerek. Kapıyı kapatıp çift dilli kilidi çevirdikten sonra bizi eski tip bir şöminenin etrafına yerleştirilmiş yüzyıl-ortası minimalist tarz koltukların bulunduğu geniş odaya buyur etti.

Saçak saçak tüylü bıyıkları almış başını gitmiş olan şu cins köpeklerden bir tanesi şöminenin önündeki kilimin üzerinde yatıyordu ve bizi görünce göbeğini okşatmak için sırt üstü devriliverdi. Gold da bu sevgi gösterisini karşılıksız bırakmayarak beyaz takım elbisesini çömelmeye uygun hale getirdikten sonra "Vera'yla" bebek gibi konuşmaya başladı ve mutluluktan ölen köpeği adeta köpek cennetine yolladı.

Belli ki Gold buraya daha önce de gelmişti –etrafa ikinci kez bakmadı bile– oysa ben odanın içindekilerden büyülenmiştim. Sanat. Her yerde. Kendime engel olamıyordum: Bakmak zorundaydım, resimden resme geçe geçe hepsini dikkatle inceledim. İsimleri hayal meyal tanıdık gelen sanatçıların popüler sanat örneklerinden çok vardı. Duvarda imzalı bir Velvet Underground posteri asılıydı, *Ava'ya, benim biricik gerçek aşkım (pek çoğunun yanı sıra), Lou* ve onun altında da, *Suç ortağı kız kardeşler: Ava + Nico*, yazıyordu. Sehpalardan birinin üzerindeyse çerçevelenmiş, kara kalem bir Salvador Dali çizimi duruyordu: kafasının yerinde bir buket çiçek bulunan çıplak bir kadın resmiydi bu, hemen altına da şöyle bir ithaf çiziktirilmişti, *Ulvi Güzellikteki Ava'ya.*

Ve şömine rafının hemen üstünde *pièce de résistance*, yani en önemli eser bulunuyordu: Bizzat Warhol tarafından yapılmış, Ava'nın baş kısmına ait dev bir serigrafi baskı. Resimde Ava'nın saçları desenli bir türbanın içine saklanmış, çenesi de sanki başkaldırır gibi havaya kalkmıştı. Koyu bakır rengi teni, çıkık elmacık kemikleri ve badem biçimindeki gözleriyle bir tür yerli savaşçı gibi görünüyordu ama nerenin yerlisi, işte o belli değildi.

"Sen kimdin?" Sözler ağzımdan çıkıvermişti, tutamamıştım.

"Ne önemi var," deyince, Gold da anında kendini köpek-festivalinden alıp bize baktı. Kızın nezaketsizliği onu da en az benim kadar şaşkına çevirmişe benziyordu.

"Ava Andy Warhol'un Fabrikasının bir mensubuydu –hatta bir kaç yıl boyunca onun gözdesiydi," diyecek oldu Gold ki o sırada Ava ona daha fazlasını dökülüp saçılmaktan onu men eden bir bakış fırlattı. "Şimdi, tabii ki, kendisi altmışlar ve yetmişler Amerikan sanatı üzerine uzmanlaşmış saygıdeğer bir sanat tarihçisi. Benim antikalar konusundaki kendi uzmanlığımla pek örtüşmese de, elbette, biz tarihçiler birbirimizi hiç bırakmayız."

Gold kıza gülümseyerek o taştan halini biraz olsun yumuşatıp, yüzünde sevgi dolu bir gülümseme parlatmayı bile başardı. Barizdi: Onlar birbirlerinin sadece yakını değildi. Dosttular.

Gold ayağa kalkıp takım elbisesini düzeltti. "Pekâlâ, bu keyfi bir ziyaret değil, tatlım, o yüzden iş konuşmaya başlayalım. Jules Parisli iki yakınımızın düğününe davetli. Düğüne iki haftadan kısa bir zaman var.

"Buraya gelirken yolda Jules'a New York'ta gitgide artan numa varlığının ardındaki tarihçeyi anlattım. İşlerin Paris'teki gibi çığrından çıkmak üzere olmasından korktuğumuzu ve sonucu belirleyecek bir savaşın içine girebileceğimizi söyledim." İkisinin de yüz ifadelerinden apaçık belli oluyordu, bu daha evvel uzun uzadıya konuştukları bir konuydu. Gold sadece Ava'ya bana ne kadarını anlattığını bildiriyordu. Kollarını çapraz bağlamış, tamamen işadamı havasındaydı.

"Ötekilerden bazılarıyla da konuştuk, senin Jules'a Paris'e giderken eşlik etmeni ve kaydettikleri son ilerlemelerle ilgili Fransız yakınlarımızdan alabildiğin tüm bilgileri almanı, özellikle de *guérisseur*, yani şifacı Bran ile birebir görüşerek önümüzdeki mücadelede bize avantaj sağlayabilecek herhangi bir şey söyleyebiliyor mu bakmanı istiyoruz. Eğer gerekirse, Şampiyon'un bize yardımcı olmak üzere buraya gelmesi için konsey adına resmi bir talepte de bulunabilirsin." Aralarından bir bakışma geçti. Bana söylemedikleri bir şey vardı. Muhtemelen bana söylemedikleri birçok şey vardı. Ama şu anda beni rahatsız eden bu değildi.

"Dinle, Gold. Benim gitmeme neden ihtiyacın var ki?" diye söze girdim. "Neden Fransa'ya Ava'yla ikiniz gitmiyorsunuz? Ben..." *–hazır değilim–* "seyahat etmeye hazırlıklı değilim. Hâlâ New York'taki hayata uyum sağlamaya çalışıyorum ve burada tam anlamıyla rahat hissedene kadar dönüşümü geciktirmeyi tercih ediyorum." Söylediklerim saçmalıktan ibaretti ve hem Ava hem de Gold bunun farkındaydı, ama şu anda aklıma gelebilen tek şey buydu.

"Bana burada ihtiyaç var," dedi Gold. "Hem ayrıca danışmak istediğimiz kişiler senin cemaatinle onların *guérisseur*'u. Bir irtibat kurulacaksa en doğal seçim sen oluyorsun."

"Yanımızda başkası da olmalı, tabii," dedi Ava, kendinehâkimiyet maskesinin altından hafif bir panik göstererek. Benimle yalnız kalmak istemiyordu. Bir kez daha, bu kadını gücendirecek ne yapmış olabilirim diye düşünmeden edemedim.

"Tabii ki; kimse uçuşta olmasa bile üç kişi her zaman daha iyidir," diyerek hemfikir olduğunu belirtti Gold. "Faustino'nun da sizinle gelmesi önerildi zaten. Ama sayıyı sınırlı tutalım. Bunu olay haline getirip hamlelerimizle ilgili düşmanlarımızın kulağına su kaçırmak istemiyorum. O yüzden bu düğün keşif görevimiz için mükemmel bir kılıf."

Gold artık işi bitmişçesine başını öne doğru salladı. Bir Ava'ya bir bana baktı. "E?" dedi. "Eşyalarınızı toplasanız iyi olur. Uçağınızı sabah altıya ayarladım. Bu da demek oluyor ki" –gömleğinin kolunu sıyırarak kocaman altın kol saatine baktı– "JFK'e gitmek üzere yola çıkmak için iki saatiniz var. Yerinizde olsam hazırlanmaya başlardım."

"İki saat mi?" diye haykırdım. "Uçak kiraladıysan bu acele niye?"

"Beklemek niye?" diye karşılık verdi Gold. "Ava'ya biçilen görev zaten belli. Paris'teki yakınlar büsbütün düğün telaşına kapılmadan önce ne kadar çok araştırma yaparsa o kadar iyi."

"Sence önce Gaspard'la konuşmamız gerekmez mi?" diye sordum, bu beladan kurtulmak için son bahanemi de öne sürerek.

"Evet, elbette," dedi Gold, cebinden telefonunu çıkararak. Bir tuşa basıp telefonu kulağına götürdü. Gaspard'ın bağıran sesini duydum, "*Qui, allo?*" Her zaman yaptığı gibi telefonu kol mesafesinde tutuşu gözümün önüne geldi.

"Gaspard, canım, ben Theo. Her şey plana göre ilerliyor: Ava, Jules, bir de yanlarında bir başka yakınımız geliyorlar," dedi Gold, kendini beğenmiş bir halde.

"Geliyorlar!" diye Fransızca bağırdığını duydum Gaspard'ın telefonun öbür ucundan, ardından da sadece Charlotte'a ait olabilecek delice bir çığlık duyuldu. *Artık bunun geri dönüşü kalmadı*, dedim içimden, yüreğim parçalanarak.

Gold bizden uzaklaşıp Gaspard'la sohbetine devam ederken, dönüp sahte bir sıkılma ifadesi takınmış olan Ava'ya baktım. "Hep böyle dediğim dedik midir?" diye sordum.

Ava kollarını bağlayıp gözlerini devirdi. "Bildiğin gibi değil."

ALTI

UÇAK YOLCULUĞU HİÇ BİTMEYECEK GİBİ GELDİ. KEŞKE GERİ dönenler uyuyabiliyor olsaydı dediğim zamanlar vardı ve bu kesinlikle onlardan biriydi. Gold dört kişilik bir jet kiralamıştı ki bu normalde yeterliyken bu ahvalde aramızda sıralarca uzaklığın olduğu bir jumboda uçmayı dilerdim.

Paris'e gitmekle görevlendirilmesinin şokunu ancak atlatan Faust, kalan vaktinde hemen eline bir Fransa rehberi geçirmiş ve uçak kalkar kalkmaz benimle ifadeler ve cümleler üzerine pratik yapmaya koyulmuştu.

Ve havalanalı iki saat geçmesine rağmen bir türlü susmak bilmiyordu, "*Qu est la gare?*"

"Faust, tren istasyonuyla işin olmayacak," diye söylendim.

Başını öne doğru sallayıp başka bir sayfaya geçti. "*Voulez-vous diner avec moi ce soir?*"

"O nereden çıktı şimdi?" diye sorarak kitabı elinden çekip aldım. Bölüm başlığı şöyleydi, "İlişkiler ve Flört." Kitabı ona geri attım ve kafamı arkalığa yaslayarak bıkkın bıkkın cevap verdim, "Fransız kızları öyle pat diye akşam yemeğine davet ederek elde edemezsin.

İltifatlarla girmen lazım. Şöyle risksiz bir şeyle başlayacaksın, gözleri mesela. Ya da gülüşü."

Minik minik nefret oklarının tenime battığını hissedince dönüp dizüstü bilgisayarının arkasına yerleşmiş oturan Ava'ya baktım. Bütün yol boyunca bizi resmen yok saymıştı ama şimdi katıksız bir iğrentiyle bana bakıyordu.

"Ne?" dedim, isyan ederek ellerimi havaya savurup. Bu kadının benle ne derdi vardı anlayabilmiş değildim.

Sadece başını sağa sola sallamakla yetinip yazmaya devam etti. Kulağının arkasına sıkıştırılmış tükenmez kalem ona inceden inceye yaramaz kütüphaneci havası veriyordu. İlginçti. *Kes şunu*, Jules, diye azarladım kendimi. *Bu kız tehlikeli.*

Dönüp tekrar Faust'a baktım; flört sayfası üzerine hızlı hızlı notlar alıyordu, *Gözler, Gülüş*. Kitabı kapatıp elindeki kalemle sabırsız sabırsız kitaba vurmaya koyuldu.

"Gülmekten söz açılmışken, halka açık yerlerde neden gülümsememen gerektiğini bir türlü anlayamadım," dedi, sonra da koltuğuna geri yaslanıp ellerini başının arkasında birleştirerek Ambrose'unkilere rakip olabilecek üç başlı kol kaslarını ortaya çıkardı.

"Neden bahsediyorsun?" dedim.

"E görgü kuralları kısmında öyle yazıyor," dedi.

"Sen şimdi niye Fransız görgü kurallarını bu kadar kafana takıyorsun ki?"

"İlk kez Amerika dışına çıkıyorum, Meksika haricinde," diye cevap verdi. "O yüzden bu işi hakkıyla yapmak istiyorum."

İç çektim. "Zaten muhtemelen zamanının çoğunu yakınlarla geçireceksin, ama peki. Ne diyor bakalım?"

Kitaba uzandım, ama Faust beni durdurmak için elini kitabın üzerine koydu. "Yok, yok. Ezberledim." Başını havaya kaldırıp gözlerini tavana dikti ve işaret parmağından saymaya başladı. "Bir. Bir dükkana girdiğin zaman, kapıdan içeri adımını atar atmaz '*Bonjour, monsieur*' ya da '*Bonjour, madame*', çıkarken de '*au revoir*' diyeceksin."

Bana şöyle bir bakınca ben de başımı öne doğru salladım. "Genel toplum kuralı," dedim.

Orta parmağına geçti. "İki. *Café*'lerde saat başı içecek söylemen beklenir –tek bir içecekle bütün gün öylece oturamazsın."

"Yaklaşık olarak söylemişler," dedim, "ama evet, masayı kiralamak gibi de düşünebilirsin."

Faust tatmin olmuş bir havayla başını salladı. "On tane daha var. Hepsi üç aşağı beş yukarı mantıklı geldi. Şu gülümsemeyle ilgili olanı hariç. Diyor ki suratında gülümsemeyle etrafta dolaşmamalıymışsın, hatta tam alıntılayacak olursam 'Amerikan tarzı' demiş. Bu ne demek oluyor?"

"Pekâlâ, New Yorklular hariç, çoğu Amerikalı tipik bir Avrupalıya göre çok daha fazla gülümsüyor. Ve Paris'te, gülünecek belli bir şey yokken gülümseyerek dolaşırsan insanlar ya deli ya da aptal olduğunu düşünürler," dedim, elime aldığım seyahat dergisini karıştırarak.

"Ama ya mutluysam?"

Şaka mı yapıyor diye bakmak için kafamı kaldırdım. Yapmıyordu. "O zaman sırıtırsın, ama dişlerini göstermeden."

"Cidden mi, oğlum?"

"Cidden."

Paris'e yaklaştıkça sinirlerim iyice gerilmeye başladı, artık Faust'u daha fazla dinleyemeyecektim ve konuşmanın sonlandığı sinyalini vermek için gözlerimi kapadım. Işıkların da kapanmasıyla zihnimin ekranında birden Kate belirdi. Paylaştığımız geçmişten sahnelerle akan film şeridinde yüzünü görüyordum: Vincent'ı uyur vaziyette bulduğu gün odanın kapısında onu kolundan yakaladığım zamanki korkmuş ifadesi. *Café*'de portresini çizdiğim ve ona güzel olduğunu söylediğim zamanki masum merakı. Ve havaalanında Fransa'ya geri dönmeyeceğimi, çünkü ona âşık olduğumu söylediğim zamanki bakışları. Hayret. Hayal kırıklığı. Üzüntü. Birkaç saniyelik tekrarlar halinde yüzünden geçen bütün o duygular.

Öpüştüğümüz sahneyi atladım; dibe vurmadan o anı düşünmem bile imkânsızdı. Onu en son gördüğüm zamana odaklandım: Paris'te numalara karşı savaşırken. Bana sarılıp, kalmamı istemişti. Dokunuşu, özlemini çektiğim her şeyle doldurmuştu beni. Kendimi ondan koparmak ve onu bir daha görmek zorunda kalmamak için dosdoğru geri Amerika'ya koşmak üstün bir çabaya mal olmuştu benim için. Ve işte buradaydım, okyanusun ortasında, yolun yarısında, ona geri dönüyordum.

Midem buruldu, bulanmaya başladı. Kalkıp mini bara giderek kendime bir tonik aldım. İki tane de Perrier alıp birini Faust'a attım, diğerini Ava'ya getirdim. Şişeyi kolçağının içindeki bardak yerine koydum ve onunkine en yakın koltuğa bıraktım kendimi. Beni hakir görse de umurumda değildi. Kafamı dağıtmam lazımdı.

Ava beni bir metre uzağında oturan bir insanı ne kadar görmezden gelebilirsen o kadar görmezden geldi.

"Ne yazıyorsun?" diye sordum.

"Makale," diye cevap verdi.

"Ne üzerine?" diye üsteledim. Benden hoşlanmadığı gerçeğini oturttuğumuza göre artık iyi izlenim bırakmak gibi bir derdim kalmamıştı, üstelik benimle konuşmak istemediği bu kadar barizken onu konuşmaya zorlamanın derinden derine hoşuma giden bir tarafı vardı.

"Sanat," dedi, gözlerini ekranda tutmak için savaş vererek.

"Demek sanat. Hmm. Bu epey geniş bir konu yelpazesi içeriyor.

Bahsettiğimiz çağdaş sanat mı mesela, yoksa 1800 öncesi Avrupa mı ya da Orta Çağ mı? Performans sanatları mı, heykel mi, tablo mu, ne bileyim video mu? Hareketler, akımlar, ekoller, kişiler mi? Sanatın toplumdaki yeri, politika ve sanat, cinsiyet ve sanat..."

"Warhol'un portre serilerinde emtia olarak ünlüler," dedi, bunun beni susturmasını umarak.

Susturmadı. "Peki neresi için yazıyorsun?"

"*ARTNews* dergisi," dedi, parmağını hafif hafif vururken sorgulamanın ne zaman biteceğini sorar gibi ters ters bana bakarak.

"Kendi adınla yazmadığını tahmin ediyorum?" dedim, bu sefer gerçekten merak ederek. Tükenmez kalemin tünediği yerden bir tutam dalgalı saç düşmüştü ve ben onu kulağının arkasına geri sokmak için tuhaf bir arzu duyuyordum. Tuhaftı, çünkü yapmaya kalkışsam eminim parmağımı ısırıp koparırdı.

İç çekerek bilgisayarını bir iki santim öteye ittirip arkasına yaslandı. "Bir sürü farklı takma adla yazıyorum, her biri belli sanatçılar konusunda köklü, saygın, ama münzevi birer otorite. Jemima Hoskins, nam-ı diğer ben, altmışlarda Warhol konusunda bir numaralı uzman olur mesela."

"Şahsen orada bulunmuşluğunun da zararı olmamıştır herhalde," dedim.

Ufacık bir gülümsemenin kayıp gelmesine izin vererek başını öne doğru salladı. Maskesi çözüldükçe onu yakınlarının gözüyle görebilmeye başlıyordum. Güzeldi. Eşsizdi. Mıknatıslıydı. Warhol'un, tıpkı zamanın o diğer olağandışı güzelleriyle yaptığı gibi, ona neden tutunduğunu, onda ne bulduğunu anlayabiliyordum. Saç tutamını kulağının arkasına götürdü. Şükürler olsun. İçimdeki dürtü kayboldu, parmağım artık güvendeydi. Ama Ava'nın mıknatıs gibi çekimi hâlâ yerli yerindeydi.

"Fabrika'nın ilk günlerini içeriden bilen birinin bakış açısına sahipsin," diye devam ettim. "Böyle bir iddiada bulunabilecek pek fazla kişi kalmadı."

Başını iki yana salladı. "Hemen hemen hepsi öldü."

Madem bu kapı artık aralanmıştı, onu daha da açmak istiyordum. Bu kızı tanımak istiyordum. Öne doğru eğildim, konu hakikaten ilgimi çekmişti. "Nasıllardı? Bizim Paris'teki Bateau-Lavoir gibi bir yaratıcılık yuvası mıydı? Hikâyelerde anlatıldığı kadar çılgın ve ahlaksız mıydılar, yoksa hepsi Warhol efsanesini oluşturmak için anlatılan masallardan mıydı?"

Sorumun yarısına geldiğimde Ava'nın yüzü değişmişti. Yüz hatlarından bir anı geçti–tekrar taş kesilmeden önce suratında yanıp sönen bir kırılganlık gördüm. "Çılgın. Ahlaksız. Seç beğen al," dedikten sonra bilgisayarını kendine doğru çekip ekranını da aramıza bir kalkan gibi yerleştirdi. "Kim olsa Fabrika'nın o ihtişamlı günlerini tekrar yaşamak ister. Ben, şahsen, o günlerin bittiğine memnunum."

İşte hepsi bu kadardı. Kapı kapandı. Sohbet sona ermişti. İletişim sona ermişti. Ta Paris'e kadar.

YEDİ

ÖZEL UÇAK TERMİNALİNDE BİZİ BEKLİYORLARDI: AMBROSE İRİ yarı, hantal cüssesiyle bana doğru gelip beni ezici bir kucaklamayla sararken, Charlotte da tıpkı patlayan mısır taneleri gibi bir aşağı bir yukarı zıp zıp zıplamaktan yerinde duramıyordu, Ambrose beni bırakır bırakmaz gelip içi içine sığmayan bir coşkuyla boynuma yapıştı.

"Geldin!" diye çığlık atıp zıplama hareketine devam ederek resmen boynumu yerinden oynattı.

"Büyük günü kaçıramazdım," dedim, planladığım şey aslında tam da buyken. Ava'ya baktım, "ben bunları yemem" diyen gözlerle bakıyordu. Yalan söylediğimi biliyordu. Geniş adımlarla Ambrose'a doğru yürüyüp elini uzattı.

"Ava Whitefoot," dedi.

Ambrose da milyon dolarlık gülüşüyle gülümseyerek, "Of ya, işte bu aksanı özlüyorum. New York'ta mı büyüdün?" diye sordu.

"Long Island," diye yanıtladı Ava ve Ambrose'un gülüşü artık kaç vatlıksa tam olarak aynı düzeyde bir ışıkla karşılık verdi. Kabul etmeliydim: Tamamen sahici görünüyordu. Ava insancıl biriydi, görünüşe bakılırsa bir tek bana gelince öyle değildi.

Charlotte kendini boynumdan koparıp döndü ve Ava'yı *bislerle* selamlamak üzere kendisinden daha uzun olan kızın yanaklarına erişmek için hafifçe yükseldi. "Ben Charlotte. Daha önce karşılaşmadık sanırım."

"Meclislere pek gitmiyorum," diye açıkladı Ava. "Biraz münzevi bir tipim. Evden fazla uzaklaşmamayı tercih ediyorum."

"Öyleyse, düğünümüz için bu kadar yolu gelmiş olmandan dolayı şeref duyduk," dedi Charlotte, ardından da ince bir işçilikle özene bezene süslenmiş olan zümrüt-elmas karışımı yüzüğüne bakmam için sol elini havaya kaldırdı.

"Rönesans?" dedim.

"Evet," dedi sevgi dolu. "Ambrose hazineden seçmiş."

"Enfes," diye söze girdi Ava, bakışlarını yüzükten kaldırıp Charlotte'a çevirerek. "Gözlerine de uymuş." Gülümsediğindeyse aralarındaki bağ elle tutulacak kadar somuttu: yeni bir arkadaşlık doğmuştu.

O sırada, Faust Ambrose'a doğru geldi ve aralarında ikisinin de bütün kol kaslarını pörtleten, testosteron yüklü bir tokalaşma oldu. "Faustino Molinaro," dedi Faust. "11 Eylül."

Ambrose bir ıslık öttürdü, etkilenmişti. "İtfaiye mi, polis mi, acil yardım mı?" diye sordu.

"New York İtfaiyesi, Ladder Company Üç," diye cevap verdi Faust.

Ambrose Faust'u omzundan kavrayıp, "Dostum, seni burada ağırlamaktan onur duyarız," dedi. "Gerçek bir Amerikan kahramanı."

"Duyduklarıma bakılırsa senden daha kahraman sayılmam," diye cevap verdi Faust. "I. Dünya Savaşı, ilk Afrika-Amerika tank taburu. Koskoca bir Alman sancağını tek başına devirmişsin. Dostum, sen bizim evde, yakınlar arasında efsanesin."

Ambrose kahkaha attı. "Şimdi evin burası. Ve düğün hazırlıklarından fırsat bulabilirsem," –Charlotte'a endişeli bir bakış fırlatınca Charlotte da ona mutlu mutlu gülümseyerek öpücük gönderdi– "sana etrafı göstermekten zevk duyarım."

Ambrose tıka basa doldurulmuş olan bavulu eline aldı –Gold çift için hediyelerle Gaspard'a bir sürü kitap göndermişti. Ben de kendi çantamı aldıktan sonra Ava'nınkine uzandım.

"Ben taşırım," dedi kesin bir şekilde ve çantayı elimden alıp Ambrose'la Faust'un peşinden çıkış kapısına yöneldi.

Charlotte bana kaşlarını kaldırarak fısıldadı, "New Yorklu bütün kızlar bunun gibi sert mi?"

Kolumu Charlotte'ın omzuna attım, burnumu saçlarına gömdüm, bahar tazeliğindeki Charlotte kokusunu içime çektim. Kız kardeşim. Yakınım. "Sertliğini bilemem de," dedim, "adamın ödünü patlattıkları kesin."

* * *

La Maison'un önüne geldik. Yüksek duvarlar ve ağır metal bahçe kapıları içerinin görülmesine engel oluyordu. Sonra Ambrose düğmeye basıp kapıları açıverince, arabayı sanki bir periler diyarının içine sürmüş gibi olduk. Avludaki ağaçlar minik minik, pırıl pırıl ışıklarla süslenmiş, devasa çifte sokak kapısının tepesineyse yeşil-beyaz çelenkler asılmıştı.

"Düğün Disneyland'ına hoş geldiniz," diye espri yaptı Ambrose, ama yüzündeki ifade pür neşe ve memnuniyetti. Arabayı havuzlu çeşmenin yanına çektiğinde fark ettim ki birileri melek heykelini de çiçekten bir kafa-bandıyla taçlandırmıştı.

"Düğüne nereden baksanız iki hafta var," dedim, içerisine dağ gibi sandalye yığılı, yenice inşa edilmiş çardağı işaret ederek.

"Bir ay önce başladılar. Dekorasyon konusunda asıl kafayı yemiş olanlar Kate'le Gaspard, gerçi Gaspard gerçekte olduğu kadar heyecanlı değilmiş gibi davranıyor ama sen ona bakma," dedi Ambrose, ışıklar saçan Charlotte'a sevdalı bir bakış atarak.

Ambrose'un sırtına vurdum. "Oğlum, senin adına öyle mutluyum ki," dedim, tüm kalbimle hissederek. Ambrose'la Charlotte aşkı bulmuşlardı. Tıpkı Vincent'la Kate gibi. Bunu söyleyeceğim hiç aklıma gelmezdi, ama onlar...onlar şanslı olanlardı.

Kapılar uçarak açıldı ve içeriden Jeanne kollarını iki yana açmış vaziyette çıkarak dosdoğru bana geldi. "*Mon petit Jules,*" dedi çığlık çığlığa. "Geri döndün."

"Sadece düğün için," desem de onun o anaç kollarında erimekten kendimi alamadım. Jeanne La Maison'daki tek insan var oluşuydu. Ben ilk geldiğimde evin kâhya kadını büyükannesiydi, sonra da annesi bize kendi evlatları gibi bakmıştı. Ama benim asıl kalbimi çalan Jeanne'di. Ondan yarım yüzyıl büyük olsam da, bana hep bir anne olmuştu.

"Bir hoşça kal demeden gittin," diye çıkıştı önce, ama sonra kolay bir cevap bulamadığımı görünce, neden uzak kaldığımı tam olarak bildiğini belli eden bir acıma duygusuyla baktı bana. Muhtemelen sebebi zaten en başından beri biliyordu.

Sesini alçalttı, gerçi kimsenin dinlediği yoktu ya neyse. "*Onu* bir iki iş halletsin diye dışarı gönderdim. Böylece onu görmek zorunda kalmadan önce bir yerleşir, kendine gelirsin," dedi, sırrını teslim edercesine.

Evet. Bunca zamandır biliyordu.

"Teşekkür ederim," diye cevap verdim, neden bahsettiğini bildiğimi inkâr etmeye dahi çalışmadan.

Jeanne tatminkâr bir şekilde başını öne salladı. Bildiğini bildiğimi biliyordu. Bu da benimle gönlünce ilgilenebileceği anlamına geliyordu. Ve bu tam olarak istediği şeydi.

Charlotte Ava'yla Faust'u içeri buyur etti, ben de arkalarından girdim. Jeanne telaşla peşimizden koşturup herkesi organize etmeye başladı. "Jules, bir tanem, sen kendi odana geçiyorsun, Bayan Whitefoot'la Bay Molinaro da doğu kanadında kalacaklar," diye talimat verdi.

Çifte merdivenlerin tepesinde Gaspard belirdi, antika ipekten bir yelek, kocaman kocaman açık manşetleri olan pamuklu bir gömlek ve yüksek belli kumaş pantolon giymişti. "Jeanne, gelinle damat haricinde dönem kıyafeti bence pek gerekli değil," diye seslendi, elindeki kol düğmesiyle uğraşırken. Sonra başını kaldırınca bizi gördü.

Gri şeritlerle dolu o çılgın siyah saçları sanki elektriklenmiş gibi –kural yine bozulmamıştı– dik dik havaya kalkmış, yüzüneyse hiç kendisine özgü olmayan geniş bir gülümseme yayılmıştı. "Gelmişsiniz," dedi bana bakıp merdivenlerden aşağı doğru inerek. "Yarım saatten önce gelmezsiniz sanıyorduk. Trafik yoktu herhalde."

"Ondan değil de, Ambrose kullandı," diye şakayla karışık Ambrose'a laf atan Charlotte, nişanlısından gelen boğarcasına sarılmaya çanak tutmuş oldu.

"Siz Matmazel Whitefoot olmalısınız," dedi Gaspard, elini Ava'ya uzatarak. Ama bu tanışma faslının geri kalanını kaçırdım, çünkü yandaki odadan Vincent çıktı. Bakışları bana sabitlenmişti. Suratında tam okuyamadığım, ama okumak istediğimden de emin olmadığım bir ifade vardı. Kızgınlık? Hayal kırıklığı? İhanet?

Savaş alanında kısaca konuşmuş olsak da, orada dikkatimizi dağıtan başka şeyler vardı. Savrulan kılıçlar mesela. Ya da uçan oklar.

Ayrılırken veda etmiştim. Ona kalamayacağımı söylemiştim. Ama tenimizde kan, yüzümüzde kül vardı ve gözlerine bile bakmamıştım.

Yok, en son konuşmamız –gerçek anlamda iletişim kurmamız– New York'ta, havaalanındaydı. Kız arkadaşına âşık olduğumu ve onları bir arada görmenin içimi parçaladığını söylediğim zamandı. Sadakatsizliğimi itiraf etmiş ve sonra onu terk etmiştim.

Ötekileri görmezden gelip doğrudan bana yürüdü. Gözleri ateş saçıyordu ve bir an için gelip bana vuracak sandım. Suratımın ortasına kesin bir yumruk indirecek dedim. Ama onun yerine beni kavradığı gibi kollarıyla sardı ve nefessiz bırakana kadar sıktı. Ve diğerlerinin duyamayacağı kadar alçak sesle "Hepsi unutuldu," dedi. "Söylenecek bir şey kalmadı. Sadece döndüğün için mutluyum. Seni özledik. Hepimiz."

SEKİZ

ODAMA GİRMEK, ZAMANDA GERİYE YOLCULUK YAPMAK GİBİYDİ. Sanki beni buradan kaçırtıp uzaklaştıracak hiçbir şey olmamıştı. Çalışma alanımdaki kâğıt ve mürekkep kokusunu içime çekince evimi ne kadar özlediğimi fark ettim. Parmak uçlarımı çizim masamın üzerinde gezdirirken, yakınlarımı ne çok sevdiğimi anladım. Ben buraya aittim. New York'a değil. *Bana neler oluyor böyle?* diye düşünerek, tavan arasındaki odamın ortasında duran eski kanepeme uzandım. Kate'le olan durum beni bütün bunlardan uzak tutmaya yetecek kadar travmatik değildi herhalde. Zihnim dalıp gittikçe rahatlamaya başladım, bu tanıdık ortamın güvenilirliğinde bir koza gibi sarmalandığımı hissediyordum.

Sonra kapı tıklatıldı, içeri o girdi. Ve bütün o düşünceler ani ve keskin bir rüzgârla kaybolan duman gibi uçup gitti, katıksız bir acı gelip göğsümün orta yerinden vurdu.

Göz kamaştırıyordu. Artık ölüp canlandığı için görünüşüne vahşi bir hava da gelmişti. Bütün bardialarda olan, insanları cezbeden ve hayatlarını bizim ellerimize teslim etmelerini sağlayan o görüntü. Bu aslında ölüm korkusunun hiç olmamasıydı. Yok edilmemizin hemen hemen imkânsız olduğunu bilmekten ileri gelen bir pervasızlıktı. Ve Kate'in doğal sevimliliğini yabani bir güzelliğe çevirmişti. Etrafını saran altın bardia aurası bu etkiyi iyice artırıyorken kalbimin başka şansı kalmamıştı. Bir kez daha kaybolmuştum.

"Davetsiz misafir gibi geldiğim için affedersin," dedi. Sesi hiç değişmemişti; işte yine tanıdığım Kate'ti.

Dirseklerimin üzerinde doğrulup "Önemli değil. Gelsene," dedim ama der demez pişman oldum. Onu görmek istiyordum, ama gitmesine ihtiyacım vardı. Gözlerimdeki mücadeleyi gördü, ardından kanepeye baktı –bir iki vahşi, tutkulu an boyunca benim olduğu o tarihi kanepeye– ve yüzü kızardı.

"Seninle irtibat kurmayı denemedim çünkü istemeyeceğini düşündüm," dedi.

Buna verilecek doğru bir cevap yoktu, ben de sessizce onu seyrettim.

"Ama madem şimdi buradasın, konuşuruz diye umuyorum," dedi, hâlâ kapı eşiğinde dikilerek. Bekliyordu, bir şey söylemek zorundaydım.

"Peki, konuşalım." Kayıtsız görünmeye çalışıyordum, ama yüreğim saatte milyon kilometre hızla atıyordu ve nefes almakta güçlük çekiyordum. "Ben biraz cam açayım." Lanet kanepeden kalkıp arka arkaya birkaç pencere açtıktan sonra geri dönüp ortada serili kilimin üstüne bağdaş kurarak oturdum. Karşıma oturması için ona işaret ettim, o da gelip oturdu.

Kaçmadan gözlerine bakmaya çalışarak konuşmasını bekledim. O gözler. Göğsümü acıtıyordu.

"Özür dilemek istiyorum," diye başladı söze.

"Özür dilemek zorunda değilsin–" dedim, ama beni susturmak için elini havaya kaldırdı.

"Hiç bilmiyordum," dedi. "Diğer kızlarla nasıl olduğunu gördüğüm için, ben de aynıyım sanıyordum. Zararsız bir flört. Biraz eğlence yani. Yaptığın ya da söylediğin şeyleri sırf bana iyi hissettirmek için –bir tepki almak için– yaptığını ya da söylediğini düşünüyordum, cidden içinden öyle geldiği için değil."

"Öyle başladı," dedim dürüstçe. Beni üzgün gözlerle seyrediyordu, başka tarafa dönmek zorunda kaldım. Bakışlarımı tavana çevirdim, parmaklarımı saçlarımın içinden geçirdim ve derin bir nefes aldım. Nefes al. Nefes ver. "Sonra işler değişti."

"Bilseydim o kadar yakın davranmazdım," dedi.

"O zaman bilmediğine sevindim."

"Vincent'ın bedenine girmesine, beni öpmek için seni kullanmasına izin vermezdim. Durumun o noktaya varmasına asla müsaade etmezdim." Gözlerinde yaşlar birikti.

Ne diyeceğimi bilmiyordum. O olayın hiç olmamış olmasını ben de Tanrı'dan dilerdim, çünkü öptüğü kişinin Vincent olmadığını fark ettiği anki yüz ifadesi göğsüme bir hançer gibi inmişti. Ama öte yandan, bu ona sahip olabildiğim tek ve biricik şanstı ve bütün acısına rağmen onu dünyalara değişmezdim.

"Gel buraya," dediğimde, halının üzerinde bana doğru kaya kaya ilerledi ve en sonunda açık kollarıma doğru eğildi. Ona sarıldığımda ağlıyordu, o an içimde bir şey yerli yerine oturuverdi. Sokak kapısından içeri girdiğimde ve buranın ait olduğum yer olduğunu fark ettiğimde yerinden oynamaya başlayan bir parçam. Nihayet kabulleniyordum. Kate'le aramızda olup olabilecek sadece buydu. Ve içim kan ağlıyordu, ama kendimi toparlayıp hayatıma devam etmekten başka çare yoktu.

"Özür dilemesi gereken asıl benim," dedim. "Dürüst davranmadım. Ama sahiden, nasıl dürüst davranabilirdim ki?" Geriye çekildik, gözlerini silerek başını öne doğru salladı.

"Biliyorum," dedi. "Bu konuyu çok düşündüm. Bana söylesen, Vincent'a ihanet etmiş olacaktın. Vincent'a söylesen... zaten ne faydası olacaktı? Neden burayı terk ettiğini anlıyorum. Gerçekten de yapabileceğin en mantıklı, en sağlıklı hareket oydu. Ama seni ne kadar özlediğimi bilmen lazım. Sen benim en çok sevdiğim kişilerden, en yakın dostlarımdan birisin. Keşke geri dönebilsen diyorum, ama bir yandan da bunun tamamen bencillik olduğunu fark ediyorum. O yüzden de sadece iyi olduğunu bilmek istiyorum. Bulunduğun yerde mutlu olduğunu."

"İyiyim ve mutluyum," diye yalan söyledim.

Kate gözlerimi arayıp taradı. "Hayır, değilsin."

"Olacağım," dedim. "Söz. Biraz daha zaman lazım sadece, sonra iyi olacağım."

Derin bir nefes alarak bacaklarını göğsüne doğru çekip onlara sarıldı. Eski Kate gibi. Tekrar konuşmaya başlamadan önce biraz zaman geçti. "Düğüne gelmekle çok iyi ettin."

"Gelmek istemedim," diye itiraf ettim.

"Biliyorum," diyerek üzgün üzgün gülümsedi. "Peki kim bu Theodore'un yanında gönderdiği New Yorklu yakınlar?"

"Faust yenilerden ve hayatımda tanıdığım en iyi adamlardan biri," diye cevap verdim. "Ava'ysa beni acayip ürkütüyor ve hiç anlayamadığım bir sebepten ötürü benden nefret ediyor. Ama Gold, Gaspard'la, Bran'le, eminim Vincent ve seninle de New York'taki numalar konusunda ne yapılacağıyla ilgili konuşsun diye onu yanımda getirmemi istedi."

"Ava Gold'un ikincisi mi?" diye sordu Kate merakla.

"Orada onların birincisi ikincisi yok. Ya da en azından kâğıt üzerinde yok, çünkü bence Gold'un yetkili kişi olduğu çok açık. Nereden bakarsan bak, kız da onun özel elçisi."

Kate düşünceli görünüyordu. "Senden niye nefret ediyor ki? Kıza asıldın mı yoksa?"

"Katiyetle hayır. Daha çok ilk görüşte tiksinme oldu bizimkisi çünkü," dedim.

Kate ellerimi tuttu, ikimiz de geriye doğru eğilerek ayağa kalkmak için birbirimizin ağırlığından faydalandık. Yerden kalkmak öyle büyük efor istiyordu ki, gülüştük.

"Akşam yemeği?" diye sordu.

"Fransa'nın cesur Şampiyonu huzurunda yemek yemek mi?" dedim. "Nasıl karşı koyabilirim ki?"

Kate gülümseyerek koluyla beni sardı, birlikte kapıdan dışarı çıkarken de başını omzuma yasladı.

DOKUZ

MUTFAKTA AKŞAM YEMEĞİ–TIPKI ESKİSİ GİBİYDİ. JEANNE fırınla masa arasında koşturup duruyor, leziz yemeklerle dolu tabakların birini getiriyor birini götürüyordu, Ambrose'sa her şeyi adeta sanayi boyu bir elektrik süpürgesi gibi içine çekiyordu. Charlotte yanında oturuyor ve ona öyle yakın duruyordu ki bedeni resmen Ambrose'unkine kaynaklanmış gibiydi, bir yandan da bir kez daha gösterinin yıldızı olduğunu kanıtlamış olan Ava'yla İngilizce sohbet ediyordu. Ava bir saatten az süre içinde, La Maison'daki herkesi parmağına dolamıştı bile.

Gaspard'la Jean-Baptiste yemeklerini hep üst katta yerlerdi, ama artık partneri gittiği için Gaspard grubun geri kalanına katılmaya karar vermişti herhalde. New York'taki yakınlarla ilgili Faust'u sorguya çekerken bir taraftan da genç bardianın güçlü New York aksanını anlamak için mücadele veren o görüntüsünde belirgin bir tuhaflık vardı. Haline tavrına seyretmesi hiç de kolay olmayan bir üzüntü hâkimdi. Kilo vermişti ve o hiper acayiplikleri yasıyla birlikte yumuşamıştı. Ama burada olması, ev ahalisinin geri kalanıyla birlikte yemesi çabaladığı anlamına geliyordu. Devam etmek için gayret sarf ediyordu. Bir buçuk asırdan fazla süredir sevdiğin birini kaybetmenin ne demek olduğunu tahayyül bile edemiyordum. Gerçi son zamanlara kadar, birini sevmeyi bile tahayyül edemiyordum ki hiç.

Gaspard'ın yan tarafındaki Kate ise bu sıcak sohbet ve dostluk halkası içinde ışık saçıyordu. O buraya aitti –gün gibi ortadaydı. Bakışlarım masayı taradıktan sonra Ava'nınkilerle buluştu. Bir bana bir Kate'e bakıp duruyordu, bir şeyleri kavradığını fark ettiğim sırada yutmaya çalıştığım tavuk parçası boğazıma takıldı, boğulacak gibi oldum. Ava eğlenen bir edayla bana baktıktan sonra Charlotte'la sohbetine geri döndü.

Ambrose sırtıma vurdu. "Çiğneyerek, dostum."

"Söyleyene bak –kepçeyle götürüyorsun," dedim, suyumdan çabucak bir yudum alarak.

"Kaloriye ihtiyacımız var herhalde. Düğün hazırlıkları beni bugüne kadar numalarla olan bütün çarpışmalarımdan daha çok yoruyor," dedi. Charlotte da dirseğiyle onu hafifçe dürttükten sonra yanağına bir öpücük kondurdu. Bunu gören Kate de masanın altından Vincent'ın elini tuttu. Nereye baksam kahrolasıca aşk vardı. Boğazımı temizledim.

"E, Gaspard, Bran ne zaman geliyor?" diye sordum İngilizce, misafirlerimiz de anlayabilsinler diye. "Gold, Ava'nın onunla bilhassa görüşmesini istedi."

"Ah, işte o konuda biraz sıkıntı var," diye yanıtladı Gaspard. "Bran'in oğullarının annesi rahatsızlanmış. Galiba hastanede ama ciddi bir şey yok, çok şükür. Ama Bran'in çocuklarına bakması gerekiyormuş, o yüzden düğüne gelemeyecek."

"O zaman biz ona gitmek durumundayız!" deyiverdi Ava pat diye.

Gaspard elini Ava'nın elinin üzerine koydu. "Plan da o zaten, tatlım. Bran bu hafta sonu seni Brittany'ye davet ediyor."

"Oraya nasıl gideceğim?" diye sordu Ava. Bu plan değişikliği onu belli ki germişti: Çatalını öyle sıkıyordu ki parmak boğumları bembeyazdı.

"En kolay yol arabayla gitmek. Sana seve seve eşlik ederdim de, bütün bu düğün hazırlıkları varken, korkarım ki–"

"Ben götürürüm," dedim, Gaspard'ın sözünü keserek. Ava gözlerini dikip şaşkınlıkla bana baktı. "Gold Fransa tur rehberin olmamı istedi de," diye açıklama yaptım, aslında sebep bu olmasa da. Neden böyle bir teklifte bulunduğumu ben de bilmiyordum–herhalde onun paniğiyle ve benim yardım etmek için bir şeyler yapmam gerektiği hissimle alakalıydı.

"Evet, elbette, en güzeli o olur," dedi Gaspard.

"Faust da üçüncümüz olur," diye ekledi Ava alelacele.

"Olmaz," dedi Faust. "Ben ölülerin uykusunu uyuyor olacağım."

"Sen bu hafta sonu uykuda mısın?" diye sordu Ava, ses tonunda suçlamayla.

"Hey, uçakta sana eşlik etmek üzere uyanıktım ya," dedi Faust omuz silkerek. "Hem düğün hem eve dönüş yolculuğu için de uyanık olacağım. Brittany'ye giderken de artık başka bir üçüncü bulursunuz, olmaz mı?"

"Oraya gidiş gelişte emniyetin konusunda endişelenme," diye Ava'ya güvence verdi Vincent. "Fransa'daki numa faaliyetleri rekor düzeyde düşük –üçüncüye ihtiyacınız olmaz."

"Kate'in süper-Şampiyon-numa-görme yeteneği sayesinde," diye lafa girdi Ambrose.

Kate'se kaygısız bir böbürlenmeyle tırnaklarına üfleyerek cevap verdi, Ambrose kahkahayı patlatınca da sırıttı.

"Bran'in evi ne kadar uzaklıkta?" diye sordu Ava, bariz bir huzursuzlukla.

"Paris'ten Carnac'a aşağı yukarı beş yüz kilometre," diye cevap verdi Gaspard. Ava'ysa ona boş boş baktı.

"Amerikalılar kilometreyle düşünmezler," diye açıklık getirdi Ambrose. "Dört buçuk saatlik araba yolculuğu olarak düşünebilirsin."

Ava bana acı dolu gözlerle baktı, eminim benim suratım da ona ayna olmuştu. Faust'un tampon görevi gördüğü altı saatlik uçak yolculuğu bile yeterince kötüyken, şimdi bir de dört buçuk saat arabada gidecektik. Yalnız.

ON

SONRAKİ DÖRT GÜN BULANIK BİR KOŞUŞTURMACAYLA GEÇTİ. Ava'yla ikimizin Cumartesi günü Brittany'ye gitmesine karar verildikten sonra Ava resmen kayıplara karıştı. Kate'le Charlotte onu da düğün hazırlıklarında görevlendirip, aralarda da hep Paris'i gezdirmeye çıkardılar. Yollarımızın kesiştiği nadir zamanlardan birinde ona Gold için yaptığı araştırmanın nasıl gittiğini sordum.

"Bran'le başlamam lazım," dedi ve konuşma orada sona erdi.

Bense zamanımı yemeklerde yakınlarımla sohbet edip hasret gidererek, silahhanede idman yaparak ve Paris sokaklarını dolaşarak değerlendirdim. Bir bakıma sanki hiçbir şey olmamış gibiydi, ama New York'a dönüşüm hep aklımın bir yerinde pusuya yatmış bekliyordu.

Vincent'la ikimiz sonraki o birkaç akşamı büyük salonda, deri koltuklara yayılmış halde muhabbet ederek geçirdik. Millet orada olacağımızı bilerek yanımıza gelip gidiyor, sohbetimize katılıyor, sonra bizi tekrar yalnız bırakıyordu.

Vincent New York'u merak ediyordu, ben de ona bütün detaylarıyla anlattım. Ama ikimiz de büyük bir dikkatle Kate ve hatta

Kate'in yakınlarımla olan gündelik hayatı konusunun etrafından dolaşıyorduk. En iyi dostumun yanında böyle rahatsız hissetmek doğal gelmiyordu. Birbirimiz hakkında bilinecek her şeyi biliyorduk. Ama şu anda ikimiz de özenli davranıyorduk. Birbirimizin hislerinin dolaylarında parmak uçlarımızda yürüyorduk. Ve bu konuda ikimizin de garip hissettiğini biliyorduk.

Uyumuyor olsak da herkesin kendince sakin zaman geçirmeye ihtiyacı vardı, o nedenle cumartesi sabaha karşı Vincent'a iyi geceler dileyerek odama çekildim. Okumaya çalıştım, odaklanamadım. Dolaptan eski bazı çizimleri çıkarıp ayıklamaya başladım. Tanrım, iyi ki ben yokken kimse eşyalarımı karıştırmamıştı. Gitmeden hemen önceki aylardan kalma bütün çizimlerde Kate vardı. Kate bir koltuğa uzanmış okurken. Kate bir *café*'de oturmuş gülerken. Kate atölyemde sırtüstü yatıp bana poz vererek gözlerini tavana dikmiş halde, hülyalı hülyalı bakarken.

Kâğıt tomarını masanın üzerine attım, artık öyle eriyip bitmediğimi fark ettim. Kate'le olan konuşmamızdan sonra kendimi toplamaya, eski ben gibi hissetmeye başlamıştım. Belki, Brittany'den dönünce Ambrose'u eskiden gittiğimiz şu kulüplerden birine gitmeye bile ikna ederdim. Şöyle şen şakrak bir Fransız fıstık bulurdum. Beni evine götürsün diye aklını başından alırdım. Ve birkaç lezzetli saat boyunca bir kadının kollarında teselli bulurdum. En son ne zaman oldu diye düşündüm... epey olmuştu. Sacha mıydı? Yoksa Sandra mı? Adını bile hatırlayamıyordum.

Birden kendimi bomboş hissettim. Işıl ışıl kabarcıklarla köpüren bir kaynak suyu –hayatta kalmak için ihtiyacım olan su– gibi gelen bir asırlık gönül eğlenceleri aslında sadece bir seraptan ibaretti. Duygusal boşluğun çölünde kurumuş bir nehir yatağıydı. Ve artık istediğimin bu olmadığını biliyordum. Başka bir şeye hasrettim. Sahici, elle tutulur, kalıcı bir şeye.

Bir çizim defteriyle karakalem alıp ressam sehpamın üzerine koydum. Kimi çizecektim peki... Kate'i değildi. Faust'un suratının hatlarını karalamaya başladım. Yakışıklı, kare çeneli. Derin çukurlu gözler, belirgin kaşlar. Farkında bile olmadığı içtenliğini düşününce gülümsedim. Doğal açıklığını. Sonra elmacık kemiklerine bir iki gölge, alnına da biraz beyaz ekledim, al işte karşımdaydı, kâğıdın içinden doğuvermişti. Faustino Molinaro: yufka yürekli bir kahraman.

Tatmin olmuş bir şekilde sayfayı çevirip masanın arka tarafına attım ve sıfırdan başladım. Hiç düşünmeden çizmeye başlamıştım ve elim hareket ederken zihnim okyanusu geri aşıp kendime ev yaptığım o yabancı yere doğru sürüklendi. New York: Dilini konuştuğum, ama henüz insanlarını anlayamadığım yer. Orası benim için hâlâ güzel bir gizemdi–insanların gündelik yaşantılarının ardında pusuya yatmış bekleyen tehlikeler; uyrukların, ırkların, dillerin, yemeklerin, kıyafetlerin, dinlerin baş döndürücü çeşitliliği... dünyadaki her şey parıldayan tek bir şehrin içine sığacak şekilde yoğunlaştırılmıştı sanki.

New York'u çiziyordum, aklımdaki New York'tu, ama kâğıdın yüzeyinden bana bakan Ava'nın gözleriydi. Rengini henüz çözemediğim o egzotik gözler. *O gözlere yakından bakarsam, don yanığı olmaktan korktuğum için galiba.* Çıkık elmacık kemikleri. Bakır kahverengi bir pastel boya alıp yüzüne fırçayla dağıttım. İçeriden ışıldıyormuş gibi görünen o sıcacık-koyu ten. Kuş üzümü rengindeki o kıvrımlı dudaklar.

Geriye yaslanıp çalışmamı inceledim. New York. Ava. Zihnimde aynıydılar. Kâğıtta aynıydılar. Herkesin onda neyi sevdiğini, yakınlarını ve belli ki beni de ona doğru çekenin ne olduğunu görebiliyordum. Onda öyle bir şey vardı ki ona daha yakın olmayı istetiyordu. Yanında olmayı. Hayran maiyetinin içine seni de kabul etmesini. *Mesela senin öyle bir karizman asla olmayacak, dostum,* dedim kendi kendime. *Kendi arkadaşlarını hep kendin bulmak zorunda kalacaksın.* Paris'te geçirdiğimiz birkaç gün de bana hiç ısınmasını sağlamamıştı. Hepimizin bir arada bulunduğu nadir yemeklerde beni görmezden gelmişti, bu sabah bahçede karşılaştığımızda da her zamanki gibi buzul buzuldu.

Kapım çalındı. "*Entrez!*" diye seslenince açıldı. Ah, kahretsin, tabii ya, iyi insan lafın üstüne gelirmiş. Ava bakmaya fırsat bulamadan Faust'un bulunduğu sayfayı geri çevirip Ava'nın portresini kapattım.

Odaya girdi. "Rahatsız ettiğim için özür dilerim," dedikten sonra tıka basa dolu duvarlarımı görünce odama giren herkesin başına gelen aptallaşma ve bakakalma sürecinden geçti.

"Vay!" dedi, bir duvardan başlayıp sıra sıra dizilmiş portrelerde bir aşağı bir yukarı baka baka gezinerek. "Bunlar kurtardıkların mı?"

"Evet, dile kolay, yüz yıldır insan kurtarıyorum," dedim. "Duvarlara sığmıyor." Taburemde oturmaya devam ederek Faust'unkinin altında saklı duran portresinin bulunduğu çizim defterini gövdemle kapatıyordum.

"Tahmin ederim!" dedi, 1960'larda boğulmaktan kurtardığım küçük bir kızın portresinde durarak. "Çok güzelmiş," dedi.

"Biliyor musun, o kız sonra gidip Afrika'da bir sivil toplum örgütü kurdu. Grubuyla birlikte sayısız hayat kurtardılar," dedim. "Yaptığın bir fedakârlığın insanlık için büyük geri dönüşler doğurduğu zamanlardan biriydi."

Ava bir başka resme geçti –resimde donuk bakışlı, çökkün suratlı, bıçkın bir delikanlı vardı. "Kimileri de işte tam aksine," diye söze devam ettim, "sen onları kurtardıktan sonra bile illa kendilerini bitirmeyi başarıyorlar." Anladığını belli eden çabucak bir bakış atıp ardından duvarlarımı adeta bir galeri gezer gibi incelemeye devam etti. "*Gerçekten* yeteneklisin," dedi.

"Aman efendim, teşekkür ederim," dedim, hafif bir merakla. "Ama beni klanına başarılı bir sanatçı olarak takdim eden sen değil miydin?"

"Dürüst olmak gerekirse," dedi Ava, "Sana ait hiçbir şeyi kendi gözümle görmemiştim. Sadece eski sergi kataloglarımızdan bir iki siyah-beyaz fotoğraf görmüşlüğüm var... ölümünden önce, elbette. O zamandan bu yana hangi takma isimleri kullandın hiçbir fikrim yok."

"Bir sürü oldu," diye itiraf ettim.

"Evet, eh, demek ünün senin de önüne geçmiş," diyerek bana anlamlı bir bakış fırlattı. Ama bu ne anlama geliyordu, kesinlikle en ufacık bir ipucum dahi yoktu.

Masaya doğru yürüdü ve ona engel olamadan, oraya attığım kâğıt demetini eline aldı.

"Hayır, dur!" dedim, fırlayıp tomara doğru hamle yaparak ama çok geçti, çoktan kâğıtları karıştırmaya başlamıştı bile. Kate, yine Kate, yine Kate. Bir tanesinde durdu: *café crème* fincanının üzerinden bakan Kate. Gözleri parıldıyordu, dudaklarındaysa oyuncu bir gülümseme vardı. Vincent onu kendi çektiği bir fotoğrafa bakarak yapmamı istemişti. Kendim için de bir kopya yaptığımı ona söylememiştim.

Ava gözlerini dikip önce çizime, sonra bana baktı. Parçaları birleştirmişti. Akıllı kızdı. Lanet olasıca kavrayışı güçlüydü. "Kaçmanın sebebi o."

Kâğıtları dolaba geri sokuşturup tabureme oturdum. "Tam olarak kaçtım sayılmaz."

Tek kaşını havaya kaldırdı.

"Tamam, kaçtım," diye itiraf ettim.

"Yakınlarınla beraberken nasıl olduğunu gördüm," dedi. "Ne kadar yakın olduğunuzu. Bir aile gibisiniz." Duraksadı, sonra "Onu önce Vincent sevdi, öyle mi?" diye sordu.

Başımı öne doğru sallayıp parmak uçlarımla alnımı ovuşturdum.

"Yapılacak en asil şeyi yapmışsın," dedi, sakince. Bana doğru gelip Faust'un resmine baktı. Kendi portresiyse kâğıdın altından belli belirsiz görünüyordu, o dakikada X-ışını görüşünün bir geri dönen süper gücü olmamasına şükrediyordum. Şefkatle gülümsedi. "Ah bizim canımız Faust. Burada onun havasını hakikaten yakalamışsın. Koskoca New York'ta onun kadar iyi bir adam daha gördüğümü hatırlamıyorum."

"Evet, doğrudur, tabii şimdi o canımız Faust doğu kanadında uyur vaziyette yatıyor," dedim. "Brittany'ye giderken üçüncümüz de olamadı."

"Ben de o konuyu konuşacaktım. Sence ne zaman yola çıkarız?" diye sordu, kaygılı kaygılı tırnağını yiyerek. Ava gergindi. Fark ettiğimi görünce elini indirdi, omuzlarını dikleştirdi ve tekrar zırhını giyindi.

"Gün ağarınca çıkarız istersen," diye önerdim. "Böylece Fransa kırsalını da görürsün biraz. Tur rehberi olarak hiç de fena değilimdir. Hemen hemen her yere gittim."

Başını iki yana sallayarak "Şimdi," dedi.

Gözlerim fal taşı gibi açıldı. "Pardon?"

"Kusura bakma," derken bacağı hafif hafif sallanıyordu. "Biraz sabırsızlanıyorum da. Bran'le konuşacağım o kadar çok şey var ki, bir an evvel yola koyulmak iyi olur. Yani, hemen. Şimdi, mümkünse."

Omuz silktim. "Şimdi bana uyar. Bir iki parça kıyafet alayım, aşağıda mutfakta buluşuruz. Buzdolabından da bir şeyler saralım ki otoyolda abur cubur yemek zorunda kalmayalım."

"Ben o işi hallederim," dedi ve göz açıp kapayıncaya kadar odamdan çıktı. "On dakika diyelim mi?"

Ah şu Amerikalılar –hep bir aceleleri var, diye iç geçirirken, "Tamamdır, on dakika," dedim.

Kapıyı kapattığında rahat bir nefes aldım. Çizdiğim resmine bakmak için Faust'unkini kaldırdım ve resmi biraz evvel santimler kadar ötemde duran kadınla kıyasladım. On ikiden vurmuştum. Resimde bir şey vardı. Biraz fazla gerçek bir şey. İşte bazen yaratırken... çizerken, resim yaparken, yazarken... ilham perisi bunu yapıyordu, yabancı sayılacak birinin ruhunun iç yüzüne dair sana bir kavrayış ihsan ediyordu ya da var olduğunu dahi bilemeyeceğin bir durumun net bir resmini sunuveriyordu. Ve sonra bunun aslında gerçek olduğunu ortaya çıkardığın zaman, kullanıldığını anlıyordun. Sen sadece ilham perisinin bir aracıydın.

İlham perisi bana Ava'nın iç yüzüne dair bir görüş bahşetmişti. Ve içimde bir taraf resmi görmediği için mutluydu. New York portreme son kez şöyle bir baktıktan sonra, ressam sehpamı bırakıp çantamı hazırlamaya başladım.

ON BİR

ARABADAKİ İLK SAATİ SESSİZLİK İÇİNDE GEÇİRDİK. AVA durmadan radyo istasyonları arasında gezinip durdu, ta ki Paris'ten iyice uzaklaşıp cızırtıdan başka bir şey alamaz hale geldiğimiz ana kadar, sonra da Ambrose'un bize verdiği iPod'a geçti. Ambrose'un müzik listeleri cazla doluydu: Pencerelerimiz açık ilerlerken, Louis Armstrong ve Ella Fitzgerald kâh şarkı söyledi, kâh mırıldandı, kâh anlamsız hecelerle kulak ziyafeti verdi. Ava'ysa, başı geriye yaslanmış, gözleri kapalı, kırların taze sabah havasını içine çekiyordu.

Ama bir süre sonra iletişimsizlik sıkmaya başladı ve canım konuşmak istedi. Ava yola çıktığımızdan beri tek kelime etmemişti. Sonunda müziğin sesini kıstım. "E, nerelisin sen?" diye sordum.

"Sohbet açmaya mı çalışıyorsun?" diye cevap verdi Ava, gözlerinde eğlendiğini ele veren pırıltılarla.

"Evet, galiba öyle yapıyorum," dedim. "Aslında, şoför olan benim, yolcu sensin, yani demek oluyor ki beni sürekli eğlendirmekle yükümlü olan sensin."

"Müzik var işte," dedi.

"Bir saat caz bana yetti, teşekkür ederim. E, soruya dönecek olursak. Nerelisin?"

Beni başından atmayı umarken ısrarım onu rahatsız ediyordu. Muhalif bir havayla kaşlarını kaldırdı. "Neden şimdi sana hayat hikâyemi anlatıyorum ki, hiç anlayamadım."

"Beni ilk gördüğün andan itibaren neden bana bir numaralı düşmanınmışım gibi davrandığını da ben hiç anlayamadım." Vay canına. Bunu söylemeyi planlamamıştım.

Ava gözlerini sımsıkı kapatıp burnunun ucunu mıncıkladı. Derin derin nefes alıp verdi, sonra da, "Long Islandlıyım," dedi.

"Aileni kast etmiştim," diyerek daha da kurcaladım. "Onlar nereden?"

Bana dik dik baktı. "Hangi ırktan olduğumu mu öğrenmek istiyorsun?"

İşte şimdi korkmuştum. Amerika'daki şu politik doğruluk meselesini, yani hiçbir çevreyi rencide etmemeye özen gösterme prensibini biliyordum, ama günümüzde hangi ifadelerin kabul gördüğünü, hangilerinin suratına tokat yemene yol açacağını hiç bilmiyordum. Öğrenmek istediğim, bu ışıldayan bakır tenin, suratını çevreleyen bu gür, siyah, lepiska saçların ve badem şeklindeki... bakışlarımı yoldan alıp bir saniyeliğine yüzüne çevirdim... kahverengiyle koyu yeşil arası olağanüstü bir renge sahip bu gözlerin kökeniydi. Ona bu kadar orijinal bir güzellik vermek üzere birleşen etkenleri merak ediyordum. Ama içimden bir ses ona iltifat etmememi söylüyordu, o yüzden riske girmedim. "Şey, tam olarak öyle düşünmüş değilim, ama madem öyle evet... ırk..." dedim dikkatle. "Neden olmasın?"

Bir an bana ağzı açık bakakaldıktan sonra kahkahalara boğuldu. "Pekâlâ, o zaman. Bir büyükanne Afrikalı-Amerikalı, bir büyükbaba Çeroki."

"Whitefoot o olmalı," deyince başını öne doğru salladı.

"Anne tarafımsa Hollandalı, İrlandalı, İskoçyalı, hatta sanırım orada bir Fransız Huguenotluğu bile var. Ben de işte Amerikan eritme potasıyım," dedi, bir damla gurur emaresi göstermeden.

"Sen New York'sun," diye mırıldandım.

"Ne?" dedi.

"Boş ver."

Ben verdiği bilginin tadına varmaya çalışırken bir süre sessizlik içinde gittik. Bir kadınla insan kurtarma planlamaları içermeyen baş başa bir sohbette bulunmayalı çok uzun zaman olmuştu ve bu alışverişin beni nasıl da beslediğini unutmuştum. Sunduğu her bir lokmadan bal damlıyordu sanki, kendisinden bir parçaydı adeta. Hele de dışarı hiçbir şey vermeyen bu kadından gelince. En azından bana yani. Ki bunun bana hatırlattığı...

"Peki niye benden nefret ediyorsun?" diye sordum.

O neşeli, tasasız hali yok olup gitti ve yerine her zamanki soğukluğu geldi. Eskisi kadar buz gibi değildi gerçi, fark ediyordum. Ama yine de buzdolabı kıvamında olduğu söylenebilirdi.

"Senden nefret etmiyorum," dedi, iç geçirerek. "Sadece senin gibi tiplerden nefret ediyorum."

"Benim gibi tipler mi?" dedim, gücenmiş bir şekilde. "Peki neymiş o tip?"

"Hovarda. Zampara," diye cevap verdi.

"Bir dakika bir dakika," dedim, pencereleri kapatmak için kapımın üzerindeki düğmeye basarak. Bunu duymam lazımdı. "Neden bahsediyorsun sen?"

"Daha önce de söylediğim gibi, ünün seni aşıyor," dedi Ava; artık bütün sıcaklık uçup gitmişti. Kolları çaprazlanmıştı ve tıpkı bir kasa gibi kapanmıştı.

Konsey toplantısını düşündüm, yani onu ilk gördüğüm zamanı. "Yoksa bu, Harlem İsyanlarındaki adamın benim son mecliste Londra'nın yarısını baştan çıkardığımı söylemesiyle mi alakalı?"

"O önceden beri duyduğum bir ton hikâyeden sadece biriydi."

"Bir ton mu? Benim hakkımda *bir ton* hikâye mi duydun?" diye sordum, sesim yükselerek.

"Sahne kızları, siyasetçiler, hatta bir de prenses varmış, duyduklarıma göre," dedi keskin bir şekilde. "Jules Marchenoir'ın oyunlarına bağışıklığı olan yokmuş."

Arabayı yolun kenarına çektim, vitesi parka aldım ve yüzüm ona dönebilsin diye kemerimi çözdüm. "Pekâlâ. Bir kere, siz Amerikalıların ya epeyce boş vakti var ya da ülkenizde fazla olay olmuyor ki yabancı diyarlardaki yakınlarınızın aşk hayatlarından başka tartışacak bir şeyiniz kalmamış."

Omuz silkti. "Fransızlar bizi her zaman büyülemiştir, kabul ediyorum. Bilhassa en kötü klişelerle yaşayanlar."

"En kötü mü–" diye haykırdım. "Bu da ne–" Boğulacak gibi oldum, o kadar öfkelenmiştim.

"Su?" dedi Ava soğukkanlı bir şekilde ve hazırladığı çantadan bir şişe Evian çıkarıp bana uzattı.

Şişeyi aldım, kapağını açtım, yarısını kafama diktim, sonra da kalanını ellerime döküp suratıma çarptım. Ambrose'un deri döşemelerini ıslatsam da umurumda değildi. Serinlemem lazımdı.

"Daha iyi misin?" diye sordu Ava, sırıtarak.

"Kes şu kendini beğenmişliği," dediğimde, bana sanki içime işlemeyi başarıp biraz önce büyük ödülü kazanmışçasına baktı.

Derin bir nefes alıp "Pekâlâ, her şeyden önce, ben hovarda falan değilim," dedim. "Hiçbir kadına asla saygısızca davranmadım. Asla yalan söylemedim, aldatmadım, hiçbir kadını niyetim ya da sadakatimle ilgili kandırmadım. Evet, hayatım boyunca çok kadın gördüm, ama hepsine de kusursuz muamele ettim. Her birinin kendini kraliyet mensubu gibi hissetmesini sağladım –prenses de dahil olmak üzere– ve her birinin... herkesin... beni bir daha görmemenin kendi seçimleri olduğunu düşündüğünden emin oldum."

"Buna inanmakta çok zorlanıyorum," dedi Ava, gözlerini kısarak.

"Yakınlarıma sor. Yetmezse git o kadınlara sor... yani hâlâ hayatta olanlara. Her birinin tek tek beni sevgiyle, şefkatle hatırlayacağından adım gibi eminim. Hatta belki 'kalbimi kırdıkları' için biraz da acımayla."

Ava sustu.

"Hem ayrıca, sana ne ki bundan?" dedim, sesimi yükselterek. "Yoksa bahtsız kız kardeşlerini erkeklerin şeytani oyunlarından korumaya ant içmiş feminist bir dava savaşçısı falan mısın? İnan bana, Ava, tanıdığım kadınların hiçbiri zayıf davranmadı. Ve ben kimseyi ağıma düşürmedim. Hepsi de en az benim kadar güçlüydü, benden daha güçlü değillerse tabii."

Suratında yorumlayamadığım bir ifade vardı –incinme, gurur, savunma, hepsi bir aradaydı. Ve sonra, birden, anladım.

"Senin başına kötü bir şey gelmiş."

"Evet," diye cevap verdi.

"Fabrika'yla ilgili bir şey," dedim, uçaktaki tepkisi aklıma gelerek.

"Evet." Duraksadı, bana anlatıp anlatmayacağına karar verdi, sonra, "Eğer seni haksızca yargıladıysam–" diye başladı.

"Ah, inan bana, öyle yaptın," diyerek lafını kestim.

"Ki bu konuda henüz kararımı vermiş değilim," diye devam etti. "Sana bir açıklama borcum var demektir, sergilediğim bu–"

"Celallenme için," dedim.

Şaşırdı, sonra kabullendi. "Tamam... celallenme." İçini çekti. "Pekâlâ, Fabrika. Öğrenciydim, NYÜ'de sanat tarihi okuyordum. Kendim sanatçı değildim, ama bütün arkadaşlarım sanatçı, yazar ya da müzisyendi. Altmışlar New York'uydu, şehir resmen yaratıcılıktan ve ifade için her şeyi denemek gibi çılgınca bir arayıştan patlamak üzereydi."

Başımı öne doğru salladım. Bu tıpkı insan günlerimin Paris'i gibiydi... ne demek istediğini çok iyi anlıyordum.

"Andy'ye ilk götürüldüğüm anda bana tutuldu. İlham perisi olduğumu söyledi. İkonumsun dedi. Beni filme çekti. Resimlerimi yaptı. Beni sürekli yanında istiyordu. Önemli herkesle tanıştırdı, beni şehrin yıldızı yaptılar. Ben de balıklama atladım bu hızlı şöhrete. Ama Andy'nin başka gözdeleri de vardı tabii ve bunlardan bir tanesi de Rosco adında bir sanatçıydı."

Adamın adını söylediği anda kimden bahsettiğini anladım. Ve hikâyenin nasıl devam edeceğini tahmin ettim. Kötü bir şekilde. En iyi ihtimalle.

"İnanılmaz derecede yakışıklıydı ve öyle karizmatikti ki. Herkes her zaman onun etrafında olmak istiyordu. Yani o ve ben" –işaret parmaklarının uçlarını birbirine yasladı– "ikon çift olduk. Bütün partilerde vardık. Şehir merkezinde ne kadar galeri varsa o hepsinin kralıydı, ben de onun kraliçesi. Bana deli oluyordu, ben de ona sırılsıklam âşıktım. Bir yıl sonra bana evlenme teklif etti. Ben de kabul ettim."

Duraksayıp suyundan bir yudum aldı. "Yüzeyde her şey gerçek olamayacak kadar güzel görünüyordu. Oysa alttan alta işler çoktan kontrolden çıkmaya başlamıştı ama öyle çılgın bir tempoda yaşıyorduk ki, bunu fark edemedim bile. Andy'nin partilerini duymuşsundur, değil mi?" diye sordu.

"Seks, uyuşturucu ve *rock'n roll*," diye cevapladım dürüstçe. Başka yolu yoktu. Fabrika'nın bütün olayı zevk-ü sefaydı.

Başını öne doğru sallarken onda pişmanlığın ağırlığını sezebiliyordum. "Sen de girdin mi bu işlere?" diye sordum.

"En kötüsüne girmedim. Ama..." Bir an için ellerine baktıktan sonra tekrar bana döndü. "Kanatlarımız çıkmadan önce hepimiz melek değildik."

Bunda haklıydı. Saf ve temiz bir insan hayatı yaşadıktan sonra bardia olunmuyordu. Birini kurtarmak için kendini feda ettiğin zaman olunuyordu. Ki anladığım kadarıyla şimdi o kısma gelmek üzereydi.

"Bronx'ta eski, terk edilmiş bir tiyatro salonunda bir partimiz vardı. Mekân bakımsızlıktan harap vaziyetteydi. Parti bütün gece sürmüş, herkes iyice kafayı bulmuştu. Bir de baktım, epey yüksek balkonlardan birinde de çok fazla insan dikiliyordu. Hani şu on kişilik localar olur ya, öyle bir şeydi, ama üstünde sıkış tepiş otuz kişi duruyordu. Bense zemin kattaydım, destek yerlerinin ufalanmaya başladığını görünce Rosco'ya el kol sallamaya başladım. Sıvalar dökülüp dökülüp yere düşüyordu. Herkesi oradan çıkarsın diye çığlık çığlığa bağırdım, ama beni duyamadı ve başka hiç kimsenin de dikkatini çekemedim. Dediğim gibi, herkesin kafası bir dünyaydı."

Ava hatırlarken camdan dışarı baktı. "Üç kat merdiveni uçarak çıkıp insanlara ne olduğunu anlatmaya çalıştım, ama dinlemiyorlardı. Onları çekiştirmeye başladım, bu sefer bana bağırdılar, Rosco da dâhil. Sonra balkonun tabanı çatırdayıverince herkes kapıya hücum etti ve bir anda on metre yüksekten aşağı doğru eğilmiş, çökmekte olan balkonda bir ben bir de ayakta duramayacak kadar sarhoş bir kız kaldık. Rosco bir ayağı içeride bir ayağı dışarıda, bize yardım etmek için elini uzatmıştı, kızı ona vermeye çalıştım ama kız o kadar uçmuştu ki ne olup bittiğinin bile farkında değildi. Rosco kızı tam yakaladığı an, balkon koptu ve ben düşüp öldüm. Hem boynum kırıldı, hem de bütün betonun üstüme düşmesiyle ezildim. Çifte darbe aldım yani."

"Çok üzüldüm," diye fısıldadım, çünkü söylenecek başka bir şey yoktu.

"Theodore ışığımı görmüş," dedi. "Tam beni yakacaklarken cesedimi morgdan kaçırmış. Cenaze müdürü de başına bela açmak istemediği için cesedimin kayıp olduğunu kimseye söylememiş ve annemle babama başka birinin küllerini vermiş.

"İlk uçuşa geçtiğim zaman –ölümümden birkaç hafta sonra yani– Rosco'yu bulmaya gittim. Ve biliyor musun, umduğumdan çok daha fazlasını buldum. Partideki o zom olmuş kızla birlikteydi. Meğer uzun zamandır onunla birlikteymiş; nişanlılarmış. Ve başkaları da varmış. Hem de bir sürü başkaları."

"O hovarda değilmiş," dedim, "psikopatmış." Ona uzanmak istedim, eline dokunmak... onu biraz olsun teselli etmek, ama bunu istemediği belliydi.

"Evet, işte. Beni görmesin diye Manhattan'dan çok uzun süre uzak durmak zorunda kalacağımdan korktum. Ama birkaç yıl sonra Rosco aşırı dozdan öldü, öteki tanıdıklarımın çoğu da seksenlere kadar ya aynı şeyi yaptı ya da dört bir yana dağıldılar. O zaman itibariyle ben Brooklyn'deki küçük sığınağıma alışmıştım ve spot ışıklarıyla ya da etrafındaki her şeyle arama koskoca bir nehir koyduğum için mutluydum."

"Ama bunları tam anlamıyla arkanda bırakmış değilsin. Hâlâ bu konuda yazı yazıyorsun," dedim. "Warhol ve güruhu konusunda uzmansın."

Omzunu silkti ama bam teline bastığımı anlayabiliyordum. "Bu bir nevi kefaret, sanırım," dedi, sesi hafifçe çatallanarak. Gözleri cam cam olmuştu, ama ağlamamak için kendini tutuyordu. "Galiba hâlâ olan biteni çözmeye çalışıyorum."

Konuşmasını bitirdiğini görünce arabayı çalıştırdım ve tekrar otobana çıktım. "Celallenmeni şimdi anlıyorum," dedim bir süre sonra.

Küçük bir kahkaha attı. "Evet, o konuda üzgünüm. Seni yanlış yargıladım."

Başımı öne salladım. "Özrün kabul edildi. Bu artık ters bakışlardan kurtuldum anlamına mı geliyor?"

"Bana bir daha asla Buzlu demeyeceğine söz verirsen," dedi gülümseyerek.

Küçük dilimi yutacak gibi oldum. "Ben ne zaman–"

Ava sözümü kesti. "Numalarla çarpışmamız sırasında. Ryan kendi kendine mırıldandığını duymuş."

"Hain!" dedim. "Bir daha uçuşta asla benimle yürümeyecek." Dönüp baktım, gülüyordu. Ağlamıyordu. Bu iyi bir şeydi.

"Ters bakışlar yoksa, Buzlu da yok," diye söz verdim.

"Anlaştık," dedi ve uzanıp müziği açtı.

ON İKİ

BRAN'İN EVİNE VARDIĞIMIZDA, BAHÇE KAPISINDA BİZİ BİR GERİ dönen çocuk karşıladı. Louis'le hiç tanışmamış olsam da –çünkü savaş alanına geldiğimizde çoktan ölmüştü, Violette tarafından öldürülmüştü– bu ondan başkası olamazdı. Dönen numanın kan kırmızı aurası yumuşamış, derin bir altın rengine çalıyor ve daha önce hiç görmediğim bir görsel etki yaratıyordu.

Vincent evvelki gece bana çocuk hakkında her şeyi anlatmıştı. Kendini Kate için feda ettikten sonra tekrar canlandığında aurasının zaten değişmeye başlamış olduğunu söylemişti. Bran onu kanatlarının altına almış, bardiaya dönüşme süreci tamamlanana kadar onu şehirden ve hain diye hedef alabilecek bütün numalardan uzağa kaçırmıştı. Bran her ne yapıyorsa işe yaramış gibi görünüyordu. Vincent'ın tarif ettiği o acı dolu, umutsuz çocuğun bize kapıyı açan bu güler yüzlü çocukla yakından uzaktan alakası yoktu.

Kenarlarına elma ve gül ağaçları dizilmiş bir avluya girdik. Araba yolunun sonundaki tarihi taş ev baştan başa mor renkli üzüm salkımlarıyla kaplıydı.

"*Bienvenue,*" dedi Louis, arabadan indiğimizde. Beni *bislerle* öptükten sonra Ava'ya doğru yürüdü. "Hoş geldiniz, ben Louis," diyerek Ava'nın elini sıktı. "İngilizce tek söyleyebildiğim bu kadar," diye itiraf etti, komik bir şekilde vurgulu aksanıyla.

"*Et vous le parlez parfaitement,*" diye cevap verdi Ava kusursuz bir Fransızcayla, çocuğa o göz kamaştırıcı gülümsemelerinden biriyle bakarak. Çocuğun hiç şansı yoktu: Tek bir bakışla büyünün etkisine girivermişti.

Bir an için dikildiğim yerde nutkum tutulmuş halde kalakaldım. "Bir dakika, Ava. Sen Fransızca biliyor musun?"

Gülümsedi. "*Qui.*"

"E, niye bana söylemedin?"

"Sormadın ki," diye yanıtladı basitçe. Çantasını Louis'e verdi, çocuk kolunu uzatınca da koluna girdi ve onunla birlikte eve doğru yürüdü.

Arabada onca saat geçirdikten sonra biraz bacaklarımı açmam lazımdı, o yüzden peşlerinden içeri girmek yerine evin etrafını dolaşıp arka bahçe olduğunu tahmin ettiğim tarafa yürümeye karar verdim.

Perde gibi devam eden üzüm asmalarını bitirdiğim zaman gördüğüm şeyse olduğum yerde donup kalmama sebep oldu. Bran'in evi dikili taşlarla dolu bir arazinin yanı başındaydı. Carnac taşları: Sıralar ve sütunlar halinde uzanan beş bin yıllık megalitik anıtlardı bunlar ve tarih öncesinden kalma bir mezarlığı andırıyordu burası. Fransa'nın Stonehenge'i Bran'in arka bahçesindeydi.

Neden şaşırdığımı bilmiyordum. Sonuçta Bran nesiller nesiller öncesine uzanan mistik bir *guérisseurlar* ailesinden geliyordu. Sihirli bir şifacının yetişmesi için –böyle şeylere inananlar tarafından– yeryüzünün enerji merkezlerinden biri olduğuna inanılan bu yerden daha iyi neresi olabilirdi ki?

Sabah pusunun içinde, taş anıtların arasından yorgun argın bana doğru yürüyen bir siluet fark ettim. Hoş geldin der gibi kolunu havaya kaldırmıştı, ben de yanına gitmek için taşların arasına girdim. Vahşi siyah saçları, korkuluğu andıran fiziği ve o baykuş gibi gözlerini devleştiren şişe dibi gözlükleri sayesinde Bran'i başkasıyla karıştırmak mümkün değildi. Son birkaç aydır görüntüsü hiç değişmemiş olmasına rağmen, haline tavrına Paris'teyken olmayan bir rahatlık, bir denge gelmişti. Brittany'nin onun toprağı olduğu belliydi. O buraya aitti.

Birbirimize ulaştığımızda beni kırsal kesimde geleneksel olan dörtlü *bislerle* karşıladı. "Ben de şimdi benim oğlanları bir arkadaşımın evine bıraktım," dedi, taşlı arazinin en sonundaki kasabaya doğru işaret ederek. "Böylece biraz yalnız konuşmaya vaktimiz olur." Eve geri dönmek üzere yürümeye başladık.

"New York nasıl gidiyor?" diye sordu, sanki cevabı oradan okuyabilecekmiş gibi yüzümü inceleyerek.

"İyi," dedim, ellerimi ceplerime sokup ufalanmış taşlardan birinin üzerine basıp geçerken. "Bu kadar erken dönmeyi planlamıyordum ama Gold'un verdiği özel görevle gelmek zorunda kaldım."

Başını öne doğru salladı. "Theodore aslında beni New York'a davet etti. Onlara öğreteceğim çok şey olduğunu, bilhassa son dönemde bazı yeni meselelerin baş gösterdiğini söyledi. Ben de ona Atlantik Okyanusunu geçiş limitimin hayatta bir kere olduğunu söyledim. Hoşuma gitmediğinden değil de. Sadece evden o kadar uzakta olmayı sevmiyorum."

"Evet, haklısın, zaten o da onun yerine temsilcisini gönderdi," dedim. "Eminim kızın sana soracağı çok şey var. Size tercümanlık yaparım diyordum, ama biraz evvel Fransızcasının mükemmel olduğunu keşfettim. Yani görünüşe bakılırsa sadece şoförlük hizmeti veriyorum."

"Sebep ne olursa olsun, seni evimde ağırlamaktan büyük mutluluk duyuyorum. Sen gözlerimle gördüğüm ilk geri dönensin. O gün benim hayatımın hakiki ve doğru yolunun başlangıcı oldu."

Dar bir merdivenden yukarı doğru çıkıp Bran'in çimen kaplı arka bahçesine geldiğimizde Louis'in arka kapıdan elinde yiyecek dolu bir tepsiyle çıktığını gördük. Tepsiyi getirip öğle yemeği için hazırlanmış yuvarlak bahçe masasının üzerine koydu. "Dönmüşsünüz," dedi, "tam da sandviçler hazır olmuşken."

Ava da elinde bir sürahi suyla dışarı çıktı. "Bunu nereye koyayım?" diye sordu Louis'e Fransızca. Sonra dönüp bizi görünce seslendi, "Ah, merhaba!"

Bran başını kaldırıp bakışları Ava'nın bakışlarıyla buluştuğu an sanki her şey durdu. Ve sonra yavaş çekimde tekrar başladı.

Bran başını eğip göz kamaştırıcı bir ışıktan korunmak ister gibi elini suratının önüne getirdi. "Yanan bir yıldız gibi alev alev ışıyan bir aura," diye mırıldandı.

Ava'nın yüzündeki ifadeyse sanki biraz önce bir ölüm haberi almış gibi oldu. Elindeki sürahi titremeye başladı, sular yerlere döküldü. Yavaşça getirip sürahiyi masanın üzerine bıraktı, sonra doğrulup Bran'e baktı.

Ava şoktaydı ama benim kadar kafası karışmış değildi. Sonra bir anda gerçeğin farkına vardım.

Ava şüphelenmişti. Gold da şüphelenmişti. Ava o yüzden buradaydı, Bran'e bir *guérisseur* olarak danışmak için değil, Fatihi Gören olarak danışmak için.

"Jules," dedi Bran, kafasını çevirip elinin ardından bana yan yan bakarak. "Bana bir Şampiyon daha getirmişsin."

ON ÜÇ

AVA ARABADA BANA ÖLÜMÜNÜ ANLATIRKEN AĞLAMAMIŞTI. Hatta nişanlısının ihanetinden bahsederken bile ağlamamıştı. Ama şimdi ağlıyordu. Kollarını bedenine dolamış, yanaklarından yaşlar süzülürken çenesini dikleştirmiş, kaderiyle yüzleşmeye hazırmışçasına orada öylece dikiliyordu.

Ona doğru hamle yaptım, ama Bran benden önce davranıp gözlerini neredeyse kapatacak kadar kısa kısa da olsa ona ulaştı. Onu kollarıyla sardı, Ava'da Bran'in kendisini eve sokmasına izin verdi. "Louis, Ava'ya bir bardak su getir," diye seslenince Bran, Louis de bir koşu sürahiyi kaptı. Ben de arkalarından gidip, içleri kocaman kocaman doldurulmuş koltuklarla ve tuhaf nesnelerle tıka basa dolu eski tarz salona girdim. Bran'in Ava'yı götürüp yatırdığı kanepede o kadar çok yastık vardı ki resmen oturacak yer kalmamıştı. Bran arka taraftan tığ örgüsü, antika bir battaniyeyi alıp açarak Ava'nın omuzlarına örttü.

Sonra Ava'nın yüzünü ellerinin arasına aldı. Odanın içinde deli gibi arana arana sonunda altın bir kutsal emanet sandığıyla, dolgulu bir tilki arasında duran mendil kutusunu buldum ve üzerine atladım. "Teşekkürler," dedi Bran, kutuyu elimden aldıktan sonra yastıkların arasından ağlayan kızın yanında kendine yer açıp sıkışarak. "Belki bize biraz izin verirsen...," dedi Bran.

"Emin misin?" diye sordum, birden kendimi Ava'yı daha hiç tanımadığı insanlarla yalnız bırakmanın sorumluluğu altında hissederek.

"Sen git. İyiyim," dedi Ava, yüzünü kapattığı parmaklarının arkasından. Ben de çıktım.

Louis elinde su bardağı, yüzüne dağlanmış bir endişeyle eve girmek üzereydi. Belli ki neler olup bittiği hakkında en ufacık fikri dahi yoktu ama yardımcı olmaya istekliydi. Burada rolü olmayan tek kişi bendim anlaşılan.

Louis'e sürtünerek geçip dışarı çıktım, masada hazır bekleyen öğle yemeğine baktım, ama Ava dibimde böyle sinir buhranı geçirirken orada öyle tek başıma oturmak bir garip geldi. O yüzden elime bir sandviç alıp taş anıtlara doğru yürümeye koyuldum.

Bir de baktım sahile varmış ve bir kilometreden fazla yürümüşüm. Yemeğimi yerken dalgaları seyretmek için bir kaya parçasının üstüne geçip oturdum. Ava'nın Şampiyon olduğunu öğrenmenin şokunu atlattıktan sonra anlamaya çalışıyordum, bu haber onu neden bu kadar sarsmıştı ki? Arabada anlattığı hikâyenin üzerinden tekrar bir geçince fark ettim ki son elli yılını hep herkesi belli bir mesafede tutarak geçirmişti. Depo'dan münasip bir uzaklıkta oturuyor, Depo'da yaşamıyordu. Canı istediğinde yakınlarıyla buluşuyor, kaynaşıyor –orada bulunduğu zamanlarda temas halinde olmaktan keyif aldığı belliydi– ama evine, kendine ait hayatına da geri dönebiliyordu. Sessiz sakin bir varoluş sürdürmeye çalışıyordu –Fabrika'daki hayatının tam aksine. Dram olmadan. Spot ışıkları olmadan. Onu hayal kırıklığına uğratabilecek, sırtını yaslayacağı hiç kimse olmadan. Kendine yetiyordu.

Oysa şimdi bunların hepsi değişecekti. Bir kez daha bütün dikkatler üzerinde toplanacaktı. New York bardialarının tamamı ve muhtemelen daha uzaktaki cemaatler de kendilerine liderlik etmesi için gözünün içine bakacaklardı. Ve bu onun istediği en son şey olmalıydı.

Sandviçimi bitirdikten sonra sahil kenarında kilometrelerce yürüyerek zaman öldürdüm. Düşündüm. Geri dönüş yoluna koyulduğumda aradan saatler geçmişti, bu sefer oralıların "Dev" adını verdikleri meşhur devasa anıt taşı görmek için farklı bir rota çizdim. Sonunda onu buldum, Bran'in evinden çok uzakta değildi ve bir arazinin ortasında tek başına dikiliyordu. Ve işte orada, taşın dibinde Ava duruyordu: Bacaklarını göğsüne doğru çekmiş, çenesini dizlerine dayamış, düşüncelerinde kaybolmuştu.

Ona doğru yürüdüm, batmakta olan güneş gölgemi ayaklarına doğru uzatınca başını kaldırdı. Artık kendini toparlamıştı ve gözyaşları çoktan dinmişti.

"Gelebilir miyim?" diye sordum, hemen karşısını göstererek.

"Buyur," dedi.

Çömelip yüzüm ona dönük olacak şekilde bağdaş kurarak oturdum. Bacaklarım neredeyse ayaklarına değiyordu, ama fazla yaklaşmamaya özen gösteriyordum. Bana üzgün üzgün bakarak sırıttı.

"Haberler umduğun gibi değil galiba?" dedim.

Başını sağa sola salladı. "Ama tamamen sürpriz de sayılmaz. Bir süredir bir şeyler oluyordu. Görüşüm değişiyor. Algılarımda farklılaşmalar oluyor. İlk başta ne olduğunu anlayamadım, o yüzden kimseye söylemedim. Ama sonra, Paris'teki savaşa götürdüğün New Yorklu geri dönenler Kate ve güçleri hakkında hikâyelerle dönünce, gidip Gold'la konuştum.

"Gold beni Gaspard'a göre Şampiyon'da bulunması gereken 'nitelikler' hakkında bilgilendirdi: Öncelikle ikna, algı ve iletişim kabiliyetleri, ardından başka şeyler. Hepsi o kadar muğlaktı ki –sanki herkeste olabilecek şeyler gibiydi."

Başımı iki yana salladım. "Herkeste değil. Hele de ikna kabiliyeti. Öyle kolay iş değil. Fabrika günlerine dair anlattıklarından anladığım kadarıyla, herkes sana doğru çekiliyormuş baksana –resmen senden büyülenmişler. Ayrıca New York'taki yakınlarınla olan etkileşimine bakınca, bana kalırsa bu durum hiç değişmemiş."

Duraksadım. Nefes aldım. "Bu açıdan Kate'e çok benziyorsun. O da La Maison'daki herkesi cezbetmişti. Hatta Jean-Baptiste henüz Kate'in kim olduğunu bile bilmezken, Kate ona kendini eve kabul ettirtmişti. Ama bu yüzeysel seviyede bir şey değildi. Bizleri yönlendirmek için şirinliğini ya da cazibesini falan kullanıyor değildi. Açık yüreklilikle, samimiyetle iyi olduğu için büyüsüne kapılmıştık. Başkalarını önemseyen, kendi çıkarının peşinde koşmayan, hakikatli, sahici bir insandı. Ki bu epey seni çağrıştırıyor."

Ava gözlerini sımsıkı kapattı, sonra derin bir nefes bıraktı. Bana elini uzattı, ben de tutup, ayakları bacaklarımın altına girene kadar öne doğru kaydım. Ve sonra bekledim.

Sonunda konuştu. "Bran hiç soru işareti olmadığını söyledi. Güçlerime tam olarak kavuşmuşum. Son birkaç haftadır, uzaklarda böyle inanılmaz kıpkırmızı ışık sütunları görüyordum. Gözlerime bir şey oldu sandım. Ya da aklıma. Sonraki uyur vaziyetime girdiğim zaman düzelecek bir şeydir dedim. Ama uyandığım zaman, baktım hâlâ geçmemiş. Bran Kate'te de aynısı olduğunu söyledi–bu ışıklar numaların yerini gösteriyormuş."

Teyit almak için bana baktı. Başımı öne salladım.

Yüzünü buruşturarak irkildi, sonra devam etti. "Bir de son haftalarda, yakınlarımın düşüncelerini, eğer bana yönelikse, duyabilmeye başladım. Bir kere denedim ve Theodore'un zihniyle konuşabildim. İşte o zaman beni buraya göndermeye karar verdi."

"Şimdi denesene," dedim. "Bana bir şey söyle."

Ava gözlerime baktı ve tıpkı uçuştaki bir ruhun konuşmalarını kafamın içinde duyduğum gibi onun da şöyle dediğini duydum: *Ben Şampiyon olmak istemiyorum, Jules.*

Evet. Şampiyon'a has zihin-konuşması yeteneği onda vardı. "Neden?" diye sordum sesli. "Tekrar dikkatlerin odağı olacaksın diye mi? Çünkü bu sırf kendinden şüphe duyma meselesiyse, sana şu kadarını söyleyeyim, Ava –sen buna muktedirsin. Kader de, ne dersen de, öyle olmasaydın seni seçmezdi."

Ava dudağını ısırdı. "Muktedir olsam bile... istemiyorum. Keşke başka biri olsaydı. Ne yapacağım ben, Jules?"

Uzanıp ellerini ellerimin içine aldım. "Sana ne yapacağını söyleyeyim, Ava. New York cemaatinin görüp görebileceği en güçlü lider olacaksın. Bu senin içinde var. O kadar bariz ki. Bütün milletin konsey toplantısında seni izleyişi, sonrasında başına üşüşmeleri, ağzından çıkan her kelimeyi dinlemeleri –sen doğuştan öndersin. Sonra birlikte yürüdüğümüz gün, o durumu gördüğüm en görmüş geçirmişler de dâhil, benim diyen bardia senin kadar iyi halledemezdi: Ekibini dikkat, kesinlik ve hassasiyetle yönettin. Düşmanlarına karşı amansızdın ve olay yerindeki insanları idare etmekle kalmayıp, duyduğuma göre, sonrasında da numa bağlantılarına karşı korunmalarını sağlamışsın."

Bana üzgün üzgün gülümsedi.

"Ava, sen insan bencilliğinin o karanlık tarafından seni yok etmesine izin vermeksizin çıktığın gibi, bir de kendine insan yıllarından kalma tortuları çözebileceğin güvenli bir hayat inşa ederek ölümsüzlüğüne adapte olmuşsun. Benim şu kadar şüphem yok ki sen kabul etmek zorunda kalacağın bu kamusal rolde dahi bir yolunu bulup ihtiyacın olan mahremiyeti sana sağlayacak bir hücre oyup çıkaracaksın. Ve neden biliyor musun?" dedim.

"Neden?" diye sordu.

"Çünkü Ava, senin gazabından korkulur."

Kahkahalara boğuldu.

"Ve bu iltifatı da öyle herkese etmem söyleyeyim," diye devam ettim, oyuncu bir gülümsemeyle. "Onu önce hak etmek lazım. İlk önce korkudan ödümü patlatmakla işe başladın, şimdiyse seni daha iyi tanıyınca ve biraz daha az korkmaya başlayınca görüyorum ki beni kendine hayran bırakmakta sınır tanımıyorsun."

Başını iki yana salladı, gülümsemesini bastıramadı. Bense onda bunu ortaya çıkarabildiğim için kendimi resmen piyangoyu kazanmış gibi hissediyordum. Onu mutlu edebildiğim için. Kızlarla flört ederken –güzel sözlerle egolarını okşarken– hissettiğim, helyum-balonu gibi genişleyen, yayılan o coşkunluk gibiydi. Ama o zamanlar bunu kendim için de yapıyordum. Karşılığında bir şey almak için: bir öpücük, bir randevu, bir gece.

Oysa bu sefer sadece tek yönlüydü. Benden hoşlanmadığını biliyordum, gerçi... en azından benden hâlâ nefret etmiyordu. Ama Ava'ya iyi hissettirmenin beni hiçbir yere vardırmayacağı gün gibi ortadaydı. Ve hakikaten hiç sorun değildi.

Brittany'de bir arazide, tarih öncesi bir anıtın yanı başında, benim için New York'u temsil eden bu kadınla otururken, sanki birden bana bir vahiy geldi. İyi bir şeyler yapma olasılığının peşinden gitmek için üzüntümü bir kenara bırakmaya hazır olduğumu fark ettim.

Bunca zaman ne istediğime –ihtiyacım olduğunu sandığım şeye– odaklanmış ve onu elde edemediğim için acı çekmiştim. Belki de iyileşmeye giden yol bu düşünceyi tamamen alaşağı etmek ve bir *başkasına* ihtiyacı olan şeyi vermeye odaklanmaktan geçiyordu.

Ava'nın şu anda bir arkadaşa ihtiyacı vardı. Sırtını yaslayabileceği birine. Karşılaştığı bu güç durumda ona yardım edecek birine. Onun için o kişi olabilirdim. Ve kafamda çakan bu şimşekle birlikte, nihayet yeni bir sayfa açabildiğimi hissettim.

ON DÖRT

ERTESİ GÜN PARİS'E DÖNDÜK. AVA YOL BOYU SOHBETE GİRMEK istemeyecek kadar dalgın ve düşünceliydi. Ben de sessizliğine saygı göstererek saatlerimizi Ambrose'un iPod'unda bulabildiğim eski Fransız şarkılarıyla doldurdum, hatta Edith Piaf ve Michel Polnareff'e öyle candan, öyle gayretle eşlik ettim ki bana güldü. Ve bütün enerjimi Ava'ya destek olmaya harcama kararım birdenbire hayatım boyunca aklıma gelen en parlak fikir gibi gözüktü. Gülümseyen bir Ava kesinlikle alışabileceğim bir şeydi.

Bran yeni Şampiyon haberinin bizden önce La Maison'a ulaşmasını sağlamakta gecikmemişti ve eve vardığımız zaman bizi bekleyen karşılama öyle coşkulu öyle coşkuluydu ki Ava'yı bir kez daha bunaltacak noktaya geldi. İlk gün odasından hiç çıkmadı, Gaspard'ın kütüphanesinden bazı kitaplar alıp Şampiyonluk ilmine dair eksiklerini tamamlaması gerektiğini söyledi. Ama yirmi dört saat saklandıktan sonra birdenbire, yakınlarımla bir araya gelerek onlardan bilgi almaya ve strateji konuşmaya hazır bir şekilde ortaya çıktı.

Düğün hazırlıkları katlanarak artsa ve hızlansa, ev misafirlerle dolup taşsa da, herkes Ava'yla vakit geçirmeyi önceliği haline getirdi. Ava kendi kendimi atadığım asistanlık ve danışmanlık görevimi minnetle kabul etti ve Gaspard'ın resmi toplantılar için ayırdığı kütüphanenin köşesinde ne zaman onu beklediğimi görse her seferinde beni bir gülücükle ödüllendirdi.

Kate kendi Şampiyonluk tecrübesinin detayları hakkında Ava'yla konuşurken, ben de New York geri dönenlerinin ve benim onun hayatını nasıl daha kolaylaştırabileceğimize dair zihnimde notlar aldım. Sorumluluğunun ağırlığının başkalarına nasıl paylaştırılabileceğini, ona destek vermek için nasıl bir altyapı oluşturulabileceğini aklıma yazdım.

Vincent'la Gaspard Fransa'yı numalardan ve onların nüfuzundan kurtarma stratejilerini anlatırken de Ava'nın danışmanı vazifesi görerek Fransız yaklaşımının Yeni Dünya'daki işleyişe nasıl uyarlanabileceği konusunda formüller geliştirmesine yardımcı oldum. Fransız geleneğinde yetişmiş olmama rağmen, New York'ta işlerin nasıl yürüdüğünü yavaş yavaş kapmaya başlamıştım, Ava da fikirlerimi heves ve heyecanla karışılıyordu. Bana yeni bir gözle bakmaya başlamıştı ve yardımlarım için minnettardı. Saygısını kazanıyordum ve bunun benim için ne kadar memnuniyet verici olduğunu gördükçe şaşırıyordum.

* * *

Bu arada, aşk La Maison'u bir kez daha vurmuştu. Charles ve Alman klanı Salı günü sabahın köründe geldiklerinde, Faust da uyur vaziyetinden yeni kalkmıştı. Ve liderleri Uta Faust'u ilk gördüğü an, ok yaydan çıktı. Kız bu yabancının kalbini kazanmayı fena halde kafasına koydu ve Faust'un Paris'te kalan tüm zamanı boyunca ona mümkün olabilecek en iyi şekilde vakit geçirtmek için bütün enerjisini akıttı. Kararlılığı önüne geçilmezdi. Vurulmuştu ve Faust da hemen aynı hisleri duymasa bile sorun değildi. Sonuna kadar bekleyecekti.

Faust başlarda kızın ilgisinden serseme dönmüştü; onun o fosforlu saçlarına, vücudunun her yerini deldirip taktığı küpelere ve dövmelerine nasıl tepki vereceğini bilemedi. Ama kızın yapmacıklığa katiyetle tenezzül etmemesi sonunda Faust'u kazandı. Ve haftanın sonu itibariyle, Uta ona Avrupa'da kalmasını istediğini söylediğinde Faust da Ava'yla bana geldi ve bizimle dönmeyeceğini bildirdi.

Kate ve Vincent. Charlotte ve Ambrose. Uta ve Faust. Paris'teki evim aşk yuvası haline gelmişti–sanki Eros oklarını sadağına doldurup La Maison'a taşınmıştı.

* * *

Bir sabah, Paris'in kanalizasyon sistemleriyle Manhattan metrosunun sel ve kanalizasyon tünellerinin şemasını yan yana koyup üzerinde çalıştıktan sonra baktım Ava gözlerini ovuşturuyor. "İyi misin?" diye sordum.

"Evet, sadece gözlerim bu kadar uzun süre odaklanmaktan yanıyor," dedi, kollarını kaldırıp başını sağa sola yuvarlaya yuvarlaya gerinerek.

"Silahhaneyi hiç gördün mü?" diye sordum.

"Bir tek Kate evi gezdirirken görmüştüm, o da kısaca," dedi. "Ama şimdi şöyle güzel bir idman çok iyi gelirdi."

"Bence elinin altında böyle bir Avrupa silah ve cephane ustası varken faydalanabildiğin kadar faydalanmalısın," dedim, Gaspard'ı dirseğimle ittirerek.

Gaspard bize göstermiş olduğu antika haritayı rulo yaparken başını iki yana salladı. "Amerika'nın yeni Şampiyonuna, Numalara karşı potansiyel bir yeraltı hücumunun stratejisi konusunda yardımcı olmaktan arta kalan bütün zamanımda, ki burada Ambrose'un bu hücuma 'Köstebek insanların saldırısı' adını takarak New York metrosu altında yaşayan insanları anmadan geçmediğini belirtmek isterim..."

Ambrose şakadan selam vererek, "Katkı sağlamaktan her zaman memnuniyet duyarım," dedi.

"... Charlotte'a düğün için yardım etmem gerekiyor," diye bitirdi Gaspard.

Ambrose ellerini ovuşturdu. "Ben dövüşe asla hayır demem. Sana katılırım." Ayağa kalkıp kollarını esnetti, boynunu kütürdeterek parmak uçlarında yukarı aşağı zıpladı.

Üçümüz silahhaneye inerken Ambrose Ava'yı Amerikalı geri dönenlerin kullandığı silahlar konusunda sorguya çekti, Ava da tabanca/kılıç ikilisini açıkladı. "Bunların yanında, gerçekten kullandığımız tek silah bazı yerleri değiştirilmiş yay ve ok."

"Arbalet yok mu?" Savaş baltası yok mu?" diye sordu Ambrose. "Tırpan, topuz, mızrak falan?"

Ava başını sağa sola salladı. "Depo'nun silahhanesinde her türlü uzmanlık silahımız mevcut tabii, ama kimsenin onları kullandığını görmedim. Hatta bazılarının nasıl tutulacağını bile bilmiyorum."

Ambrose yine ellerini ovuşturdu. "Öyleyse sen, Amerikalı kız kardeşim, bu zevkleri tatmak için şanslı günündesin." Peşlerinden takip ederek merdivenlerden aşağı, bodrumdaki silahhaneye indim ve Ava'ya Kate'le Charlotte'ın dövüş kıyafetlerini tuttukları yeri gösterdim. Ambrose tişörtünü çekip çıkardı ve bol şortunun üzerine dar bir askılı atlet giydi. Ben normalde sadece ayağıma uçkurlu bir karate pantolonu geçirip dövüşürdüm, ama Amerikalıların çıplak ten konusunda biraz daha hassas olduklarını bildiğim için üstüme açık gri bir tişört giydim. Sonra Ava'nın Warhol'un Fabrikasının bir üyesi olduğunu hatırlayınca tişörtü sıyırıp geri çıkardım.

Ambrose gardırobum konusundaki tereddüdümü görünce göz kırptı. "Böyle daha iyi görünüyorsun," diye şakayla fısıldar gibi yaptı.

Ve sonra Ava çıkageldiğinde ikimiz de olduğumuz yere mıhlanıp kaldık. Saçları tepeden sımsıkı toplanmış ve Charlotte'ın kesilme ya da sıyrılma riski olduğu zamanlarda kullandığı daracık tulumu giymişti.

Ambrose alçak sesle ıslık öttürdü. "Güzel görünüyorsun, kızım. Ve bunu tamamıyla ahlaklı bir şekilde, ben-nişanlımı-seviyorum halimle söylüyorum." Ava memnun olmuş görünüyordu. Bakışları bana kaydı.

Ellerimi havaya kaldırdım. "Aynı şeyi ben de söyleyebilirim ama potansiyel ahlaksızlığı arkasına saklayabileceğim bir nişanlım olmadığına göre, bunun ötesinde bir risk almayacağım, 'Aman efendim, Bayan Whitefoot, bugün son derecede iyi görünüyorsunuz.'"

Ava bir kahkaha attı, sonra da çıplak göğsümü gözünde bir parıltıyla inceleyerek, "Siz de çok iyi görünüyorsunuz, Mösyö Marchenoir," dedi.

Onu yerlere kadar bir reveransla selamladım. Ambrose sızlanmaya başladı. "Haydi, çocuklar. Şu dövüşe başlayalım artık." Ardından mızraklardan birini duvardaki mandallarından koparıp aldı ve Ava'ya fırlattı. Ava mızrağı gözünü dahi kırpmadan yakaladı.

Sonraki bir saat boyunca, değişiklik olsun diye bütün silahları dönüşümlü kullana kullana dövüştük. Ava çoğunu daha önce hiç kullanmamış olmasına rağmen, Ambrose'la benim verdiğim örnekleri takip ederek hepsini kolayca kavradı. Üçümüz kavga edip, terleyip, şakalaşıp, dalga geçip gülerken, kendimi en son ne zaman bu kadar iyi hissettiğimi hatırlamıyordum.

O gece yemekte Ambrose Charlotte'ın yanına bir sandalye çekip oturdu, kolunu Charlotte'ın omzuna atıp başıyla beni işaret etti. "Jules'a baksana," dedi.

"Gördüm," dedi Charlotte, kafasını Ambrose'un omzuna yaslayarak.

"Ne?" diye sordum.

Charlotte bana sırıttı. "Neredeyse mutlu görünüyorsun."

Ava'nın gözleri ok gibi benimkilere dönünce suratımın kızardığını hissettim. "Evet, Paris'e döndüğüm içindir."

"Bizi özlüyor demiştim sana," dedi Ambrose, Charlotte'ı kendine doğru çekip yandan sıkıca kucaklayarak.

* * *

Güzel bir düğündü; vitraydan bir mücevher kutusunu andıran La Sainte-Şapelinde oldu. Charlotte insan olduğu dönemden, yani 1940'lardan kalma klasik bir gelinlik giydi. Ambrose ise Paris'te tek bir mağazada dahi ölçüsüne uygun büyüklükte smokin bulunamadığı için özel dikim bir tane giydi.

Charles kız kardeşini teslim etmek için, bordo renkli Mohawk saçını yatırarak taramış, hatta göz kaleminden bile feragat etmişti. O da en az gelin kadar ışık saçıyordu –yeni hayatı ona tam uymuştu belli ki.

Geri dönen rahip düğünü kutsadıktan sonra kenara çekilerek resmi vazifeyi yerine getirmesi için kürsüyü Gaspard'a bıraktı, Gaspard da bu görevi titreyen bir sesle ve gözlerinde yaşlarla tamamladı. Gelini öpebileceğini söylediğinde, Ambrose bir sevinç haykırışı koyuverdi ve Charlotte'ı döndürdüğü gibi o gül dudaklarına asrın öpücüğünü kondurdu.

Salonda kuru bir çift göz kalmamıştı.

Dışarı çıkarken, şapelin alt kısmında bir sütunun arkasında Arthur'la Kate'in ablası Georgia'nın mahrem bir anı paylaştıklarına tanık oldum. Kate bir dargın bir barışık devam ettiklerini söylemişti. Bu barışık günlerinden biriydi demek ki.

La Maison'a döndüğümüzde resepsiyon tam gaz başlamıştı bile, çünkü Faust'la Uta daha kimse paltosunu bile çıkaramamışken çoktan dans pistini inletiyorlardı. Faust yapabileceğini asla düşünmediğim çılgınca bir döndürme numarasıyla kızı kaldırıp bir uçtan öbür uca savurdu. Faustino Molinaro hiç bitmeyen sürprizlerle doluydu.

Geri kalan misafirler de balo salonuna sıra halinde girdikten sonra, Ambrose Charlotte'ı alıp çardağın altındaki kürsüye çıkardı, kendisi de bir basamak aşağıdaki zeminde durdu. Charlotte kaşığını kadehe vurarak ortalığı çınlattı. İçinden dışarı ışık saçıyor gibiydi: Sanki krem rengi teninin altında bin vatlık bir ampul vardı. Bu onun hep istediği her şeydi. Onlarca yıldır. Salon sessizleşti, herkes yüzünü ona döndü.

"Ambrose'la ikimiz konuşma yapılmasına izin vermeyelim dedik. Hepimiz birbirimizi çok uzun zamandır tanıyoruz, hem üstelik herkesi birbirine düşürecek bir sürü hikâyenin su yüzüne çıkma ihtimali de var."

Kalabalığın içinde dalga dalga gülüşmeler, göz kırpmalar, dürtmeler oldu.

"Ama bir dakikanızı alarak, bugün burada bulunan herkese teşekkür etmek arzusundayım. Hoş geldiniz, yakınlarımız. Özellikle de La Maison'un... evimin sakinlerine teşekkürlerimi sunmak istiyorum. Gaspard, Jules, Vincent... ve Ambrose. Jean-Baptiste Charles'la benim bedenlerimizi kurtarıp bizi burada kalmaya davet ettiğinde sizler zaten buradaydınız. Siz benim babalarım, kardeşlerim, dünyam oldunuz. Hayatımda sizlerden daha iyi adamlar tanımadım. Ve şimdi sizlerden biriyle evleniyorum."

"Kaçışın yoktu, bebeğim," dedi Ambrose, aşağıdan ona bakıp göz kırparak.

"Nihayet!" diye takıldı Charlotte ona, kalçasıyla Ambrose'un geniş omzunu ittirerek. Herkes güldü.

Charlotte kadehini kaldırdı. "Muradımıza erdiğimiz bu günde bizimle birlikte olduğunuz için teşekkür ederiz. *Santé!*"

"*Santé!*" diye bağırdı kalabalık, mutlu çiftin şerefine şampanyalarını yudumlayarak. Müzik tekrar başlayınca herkes dans pistine doluştu. Ava'ya bakındım, onu nikâhta sadece bir kez görür gibi olmuş, sonra kaybetmiştim, erkenden orada olup ön sırada Vincent, Kate, Charles ve Jeanne'le oturmam gerekiyordu. Herhalde şapelden ilk ayrılanlardan biriydi, çünkü sonrasında onu bir daha görememiştim.

Ama şimdi, işte orada, salonun karşı tarafındaydı; yakut rengi, yerlere kadar uzun bir tuvalet giymiş, saçları zarif bir topuzla arkadan toplanmıştı. Göz kamaştırıcıydı. Kalbimde ve boğazımda aynı anda bir sıkışma-boğulma durumu oldu, bir saniyeliğine nefes alamadım. Çok uzun bir saniye olmalıydı ki Geneviève'in evinden havalı ve atak bir adam gelip, ona görkemli ve tamamen sinir bozucu bir reverans yaparak, onu alıp dans pistine götürdü.

ON BEŞ

"DANS KARTIN NASIL GÖRÜNÜYOR?" DEDİ, HERKESİNKİNDEN daha iyi tanıdığım o ses –aylardır aklıma musallat olmuştu zaten. Kate oradaydı, altın-auralı ihtişamıyla önümde dikiliyordu.

"Yüzyılını bir daha kontrol et istersen, Kate," diye cevap verdim. "Ve benim repliklerimi çalmayı bırak."

Şuh bir havayla dizlerini bükerek reverans yaptı. Gözlerimi devirdim, sonra, üzerine doğru hamle yaparak onu belinden yakaladığım gibi dans pistine savuruverdim, zevk içinde kahkaha attı.

"Bu elbiseyi daha önce görmüştüm," dedim, Asya-desenli ipek tuvaletine bakarak.

"Doğum günü elbisem," diye cevap verdi.

"Ah, evet. On yedinci yaş gününün için Vincent'ın özel diktirdiği elbise."

"Ta kendisi," dedi.

"Hakikaten çok parlak bir erkek arkadaş hamlesiydi," dedim.

"Evet," dedi. "Vincent böyle şeylerde iyi."

Bir süre sessizce dans ettikten sonra yumuşak bir ses tonuyla,

"Umarım ne kadar şanslı olduğunu biliyorsundur. İkinizin de ne kadar şanslı olduğunu," dedim.

Bana bakmak için geriye doğru eğildi, yüzünü şefkat dolu bir ifade kaplamıştı. Bir şey söylemesine gerek yoktu –ikimiz de diğerinin ne düşündüğünü biliyorduk. Kalbimdeki acıyı yokladım, hâlâ oradaydı ama daha azdı. "İyi olacağım," dedim.

"Biliyorum," diye cevap vererek başını omzuma yasladı. Öteki çiftler etrafımızda hareket edip duruyordu ama birkaç saniyeliğine zaman durdu, sadece ikimizdik, kalbim sakindi, her şey iyiydi.

Sonra Kate konuşunca büyü bozuldu. "Ava'yla epey zaman geçirdim. Bence muhteşem bir kız."

Durup gözlerimi ona diktim. "Şu eski 'kalbini-kırdığın-adamı-başkasına-pasla-ki-vicdan-azabı-çekmeyesin' numarasını denemeyeceksin herhalde, değil mi? Çünkü sana hiç yakışmaz."

"Aklıma bile gelmez," dedi, nükteli nükteli. Ellerini tekrar omuzlarıma koyarak beni dans etmeye zorladı. "Sen öyle bir şey için fazla zekisin."

"Bu iltifatı kabul ediyorum ve acıma ya da küçük düşürme gibi anlaşılabilecek başka herhangi bir şey söylemeden önce susman için sana yalvarıyorum."

"Anlaştık," dedi Kate, kollarını boynuma dolayarak. Şarkı bitmek üzereydi, bana sarıldı. "Seni özleyeceğiz," dedi ve beni Ava'yla yüz yüze bakacak şekilde, öyle ustaca bir noktada bırakıp gitti ki aramızda bir iki santim vardı.

Düşünmeye vaktim yoktu. "Imm, dans?" diye sordum.

"Tatlı dilini dans pistinde bir yerlerde mi düşürdün yoksa?" dedi Ava, tebessümle.

"Ah, evet. Sanırım Faust da onu o elli numara ayaklarıyla ezdi."

Bir kahkaha attı. "Haydi gidelim." Bana elini verdi, ben de onu salonun öbür köşesine, Kate'in dolandığı yerden uzağa götürdüm.

"O danstan sonra iyi misin?" diye sordu, tek elimi beline koyup tek elimle de elini kavradığım sırada.

"Ayaktayım," diye cevap verdim. Konuyu fazla üstelemedi, ben de Konuşmak, büyük *K* ile, istemediği için minnettardım.

Biraz dans ettikten sonra yavaş yavaş farkına vardım ki Ava'yı ilk defa *kollarıma almıştım*. Bundan hoşlanmaya başlamıştım... hem de çok fazla. Bir şey söylediği sırada odaklanmaya çalıştım. "Efendim?" diye sordum, hoparlörleri göstererek. "Duyamadım. Müzik..."

Dudaklarını iyice kulağıma yaklaştırdı –istesem bu kadar iyi planlayamazdım. "Yakınlarınla beraberken nasıl olduğunu gördüm. Hepsi seni çok seviyor. Sana saygı duyuyorlar. Buradayken öyle yuvanda gibisin ki –burada *yuvandasın* hatta. New York'a geri gelmek istediğinden emin misin?"

Ah Tanrım. Meğer Konuşmak istiyormuş. Lütfen, burada değil. Bir an daha onu kendime doğru yaklaştırıp, sonra geri çekildim ve kulağımın üzerine hafif hafif vurdum. "Gerçekten çok gürültülü. Başka bir yere gitmek ister misin?" dedim, konuyu tamamen kapatmasını ümit ederek.

"Evet."

İçimi çektim. "Tamam, beni takip et." Elini tutup kalabalığı yardım. Sokak kapısına doğru ilerledik, dışarı çıktığımızdaysa bahçenin konuklarla dolu olduğunu gördük. Georgia'yla Arthur fıskiyeli havuzun kenarına oturmuşlar, bedenleri iç içe geçmiş, dudakları birbirine kilitlenmişti. Tanrım, bunlar hiç durmazlar mıydı?

"Tekrar içeri," dedim ve onu ön taraftaki dönen merdivenlerden yukarı çıkarıp koridordaki kütüphanenin önünden geçirdikten sonra ikinci merdivenlere götürdüm.

"Odana mı gidiyoruz?" diye sordu.

"Hayır. Daha güzel bir yere," dedim ve kapımın önünden geçip birkaç basamak daha tırmandıktan sonra tavan kapağını açıp çatıya çıktım. Zifiri karanlıktı. Rahat bir nefes aldım –bu fikir kimsenin aklına gelmemişti– ardından Ava'nın karanlık terasa çıkmasına yardım edip, peri masalını andıran ışıkları açtım.

"Ah, Jules!" dedi nefesi kesilerek ve ellerini ağzına götürüp hayretler içinde etrafa bakındı. Paris gece vaktinin sihirli ihtişamıyla pırıl pırıl aydınlanmış, ayaklarımızın altında uzanıyordu. Gülümsedim. Mutluydum. Keşke sürebilseydi.

Kapının yan tarafındaki dolabı açıp bir iki yastıkla battaniye çıkardım ve onları manzarayı en iyi görecek şekilde çatının kenarına yerleştirilmiş olan kanepeye taşıdım. "Leydim?" dedim, elimi ona uzatarak.

Nutku tutulmuş bir halde geçip kanepeye oturdu, battaniyeyi omuzlarına yerleştirip yanına oturdum.

"E... ne diyordun?"

Güldü, kafasını toparlamak için bir an düşündü. "Hah. Tamam. Diyordum ki... burada çok iyi görünüyorsun. Yakınların da seni burada istiyor. Yarın New York'a dönmek istediğinden emin misin?"

"Evet, nedenini de sana söyleyeyim."

Ava beni izledi, başını yana yatırıp söyleyeceğim şeyi duymak için bekledi. Bakışlarındaki dikkat kalp atışlarımı hızlandırdı. Söylemeli miyim? Söylememeli miyim? Söylemeli miyim... of kahretsin...

"Bir sebebim var. Şöyle ki, bir kız var."

"Kız mı?"

"Kadın, daha doğrusu, onu yeni yeni tanıyorum. Ve daha yakından tanımak istiyorum."

"Nasıl biri?" diye sordu Ava, dudaklarına kocaman bir gülümseme yayılarak.

"Olta atıyorsun ama!" dedim, parmağımı ona doğrultup gözlerimi kısarak.

"Masumane bir merak, yemin ederim." Yüzündeki gülümsemeyi yok etti ve ciddi görünmeye çalıştı.

"Şey, bir kere, göz alıcı bir güzelliği, kendine has, çok ilginç bir görünüşü var. Baktıkça bakasın geliyor. Sanki gözlerin ona yapıştırıcıyla tutturulmuş gibi, koparamıyorsun."

"Demek yapıştırıcıyla tutturulmuş gözler ha, peki," dedi.

"Ama ben güzelliğin yüzeysel olduğunu düşünen erkeklerden değilim. Onda gözle görülenden çok daha fazlası var. Bir de, bu kız hasar almış" –Ava hafifçe irkilince elimi havaya kaldırdım– "sarsıcı olaylar yaşamış çoğu kişi gibi. Ama o acıyı alıp ondan güzel bir şeyler yaratmayı başarmış. Acının onu daha da güçlendirmesine olanak tanımış. Ve bu yüzden herkes onu çok seviyor."

Ava orada öylece oturmuş ve gözleri fal taşı gibi açılmıştı, duyduklarına inanamıyor gibiydi.

Kolumu kanepenin arkalığına uzatarak ona doğru eğildim. Haydi hayırlısı. "Ava, bilmeni istiyorum ki bu aslında hiç benim tarzım değil... yani bu kadar dobra konuşmak. Ama sen geçmişte birinin ihaneti yüzünden acı çekmişsin, o nedenle ben de dürüst davranmayı öncelik haline getiriyorum. Istırap verici evet. Ama bütün ıstırap benim olsun, sen rahat ol." Derin bir nefes alıp parmak uçlarımla şakaklarımı ovaladım.

Ava hayretler içinde başını iki yana salladı. "Seni daha tanımadan önce, tanıdığımı sanıyordum... ve şimdi bakıyorum, hiç tanımamışım."

"Ben eskiden olduğum kişi değilim," dedim, içtenlikle. "Değiştim."

Bakışları yere düştü. "Kırık bir kalp buna neden olabiliyor."

"Kalpler onarılır," dedim. "Özellikle de iyi bir sebepleri varsa."

Ava başını kaldırıp suratımı sanki sanat kitaplarından biriymişçesine inceledi: Beni mümkün olabilecek her açıdan, özüme, çekirdeğime kadar bütün katmanları aşarak görmeye çalışıyor gibiydi. Sonunda başını yana yatırıp, "Benden hoşlandığını mı söylüyorsun, Jules Marchenoir?" diye sordu.

"Senden gerçekten çok hoşlandığımı söylüyorum, Ava Whitefoot."

Memnun memnun sırıtarak kollarını bağlayıp Paris'e baktı.

Bekledim.

Avuç içlerim terliyor muydu gerçekten? Ellerimi pantolonuma sürtüp, aklından neler geçtiğini düşünmemeye çalıştım.

Ve sonra, hiçbir uyarı olmaksızın öne doğru eğildi, gözlerini kapadı ve dudaklarını dudaklarıma bastırdı. Kalbim durdu, atmıyordu. Beni öpüyordu. Ava beni öpüyordu. Beynim neler olduğunu herhangi bir işlemden geçiremezken bedenim otomatik olarak tepki verdi. Kollarım onu sardı ve iyice kendime doğru çekti. O da ellerini omuzlarımın üzerine koyup kollarıma doğru kaydırarak ve sonra kollarımı ittirip kendini benden kurtararak cevap verdi.

"Hayır," dedi, başını sağa sola sallayarak, dudaklarında eğlenen bir gülümsemeyle. Öne doğru eğilip nefesiyle kulağıma fısıldadı, "Bu benim. Bana izin ver."

Teslimiyet ifadesi olarak ellerimi havaya kaldırdım. "Matmazel, kontrol yüzde yüz sizde."

Dudağı tek tarafa doğru kalktı. "Bu kulağa ne kadar hoş geliyor bilemezsin," dedi, bal gibi kıvamlı sözcüklerle. Sonra elimi alıp iki elinin arasına koydu ve sürpriz çatı öpücükleri tarihindeki en mükemmel, en sıcak, en lezzetli öpücükle vücudumun her santimini elektriklendirdi. Yok yok, geri aldım... gelmiş geçmiş bütün öpücüklerin en mükemmeli, en sıcağı, en lezzetlisiydi bu. İçimi eritmeye yetecek kadarcık sürdü, ah ama öyle tatlıydı ki.

"Bu ne içindi?" diye sordum, tekrar nefes alabilince.

"Bu bir vaat," dedi, gözlerinde oyuncu pırıltılarla.

"Neyin vaadi?" dedim.

"Eğer uslu olursan, dahasını alacağının vaadi."

"Hayatımda bu kadar zorlu ama ikna edici bir motivasyonum daha olduğunu sanmıyorum," dedim, yarı esprili bir ciddiyetle elimi kalbimin üstüne koyarak.

"O zaman bakalım nasıl gidecek," dedi Ava.

Başını omzuma dayadı, onu kolumla sararak kendime doğru iyice çekip orada tuttum. Birlikte Paris ışıklarının üstünden ileri doğru baktık; hemen ötedeki inişli yokuşlu kırsal kesim okyanusla bitiyordu. Ve o okyanusun diğer ucunda aydınlık, parlak bir rüya şehri yatıyordu. Vaatlerle dolu bir şehir.

SON SÖZ

DEPO'DAKİ ODAMDA ÇELİK BURUNLU BOTLARIMIN BAĞCIKLARINI bağlıyordum ki kapı çalındı. "Açık," diye seslenince içeri siyah smokiniyle Theodore Gold girdi. Siyah. Beyaz değil. Onu neredeyse tanıyamadım.

"Sakın o kıyafetle dövüşeceğini söyleme bana," dedim. "Biraz evvel belediye başkanıyla yemekten gelmiş gibi bir halin var."

"Gülme ama biraz evvel belediye başkanıyla yemekten geldim ve evet, bununla dövüşeceğim. Şaşırtıcıdır ki yün harmanı kumaşı savaşta çok rahat buluyorum."

İnci düğmelerinden birkaçını açıp da içine giydiği Kevlar yeleği gösterene kadar şaka mı yapıyor anlayamadım.

Omuz silktim. "Keyfin bilir, sen bu oyunda benden daha eskisin." Deri pantolonumun beline silah kemerini taktıktan sonra kendi Kevlar yeleğimi alıp siyah tişörtümün üzerine geçirdim.

Gold ellerini ceplerine sokup odamda her zamanki voltalarından birini atmaya başladı. "Paris yolculuğundan beri buraya gelmemiştim. Ne kadar oldu... altı ay mı? Söylemeden edemeyeceğim, dekorasyondaki değişikliği kesinlikle onaylıyorum." Ava'nın duvarımda asılı olan gerçeğe uygun boyuttaki portresini gösterdi. Resimde Ava kıpkırmızı bir gece elbisesinin içinde, bir çatı terasındaki koltukta oturmuş, ay ışığıyla aydınlanmış Paris'i seyrediyordu.

Yeleği yan tarafından çat diye kapattım. "Kendime yeni bir ilham perisi buldum gibi görünüyor."

"Evet, öyle," dedi sırıtmasını bastırmaya çalışarak. "Burada bulunma sebebim son eserlerinin üzerinden geçmek değil tabii. Ulak olarak geldim. Misafirlerin var. Silahhanede."

Üstüme incecik bir zincir zırh giyerek onun üzerine de uzun kollu siyah bir kazak geçirdim. "Misafirler mi?" dedim, Glock'umla kılıcımı kılıflarına yerleştirerek. Üstüme şöyle bir vurarak her şey tamam mı diye baktıktan sonra deri ceketimi kaptım. Gold benim için kapıyı açıp bekledi, sonra beraberce koridordan merdivenlere doğru ilerledik.

"Aslına bakarsan öteki birkaç bölgeye de haber saldım, çünkü bu çarpışmanın tam bir savaşa dönme ihtimali var," dedi. Siyah giyimli başka yakınların peşinden aşağı inip sanayi tipi metal kapılardan geçerek Depo'nun bodrum katına geldik.

Hemen sağa dönüverince spor salonu büyüklüğündeki silahhaneye girdik. Bir de ne göreyim, o karşımdaydı ve salonun orta yerinde dikilmiş, elindeki devasa savaş baltasını bir çocuk oyuncağı gibi döndürüp döndürüp savuruyordu. Yüreğim hop etti. Ambrose. Buradaydı. New York'ta. Tam da, "Kuş tüyü gibi Amerikan oyuncakları, ne olacak," diye söylenirken beni gördü. Baltayı attığı gibi üstüme hücum ederek beni sımsıkı kavradı ve ayı-kucaklamasıyla neredeyse ayaklarımı yerden kesti.

"Burada ne işin var?" diyebildim viyaklama gibi bir sesle.

"Gold sayesinde bu gece Queens'te olacak büyük çarpışmayı duyduk. Sen kendin iletişim konusunda biraz... özürlü olduğun için."

"Evet, kusura bakma. Biraz meşguldüm de." Soyunma odasının oradan gelen tanıdık ciyaklama sesini duyunca döndüm.

Savaş kıyafetlerini giymiş Charlotte salonun karşı tarafından kendini atarak gelip kollarıma savruldu. Tekrar yere indiğinde yanaklarımdan öpüp, "Savaşı bize söylememen ne kadar ayıp," dedi. "Ambrose'un zaten Paris'te iyice suyu ısınmıştı. Artık Fransa'da pek fazla aksiyon yokmuş, öyle diyor."

"Kate, Vincent ve Arthur da gelmek istediler, ama Gaspard böyle bir durumun tek tük 'avare' gezen numalardan gelebilecek saldırılar için mükemmel fırsat doğuracağı konusunda ısrar etti," dedi Ambrose, elleriyle havada tırnak açarak.

"O yüzden Paris'ten bir düzine bardia getirdik," dedi Charlotte. "Herkes giyindi kuşandı, savaşmaya hazır."

"Gelmenize sevindim," dedim, ama olmaları gereken yerden –La Maison'un güvenli duvarları ardından– koca bir okyanus ötede, yanı başımda dikildiklerine hâlâ tam olarak inanmıyordum.

Biz konuşurken salon yavaş yavaş boşaldı, Gold da hoşça kal demeden aradan kayıp gitti. Kapının açıldığını duydum ve arkamdan bir ses geldi. Onun sesi.

"Bütün gece orada öyle dikilip sohbet mi edeceksiniz, yoksa savaşmaya hazır mısınız?" Ava, Hollywood kostüm tasarımcılarının vampir avcısı rüya kızı gibi görüntüsüyle geniş adımlar atarak salona girdi: Dar siyah deri kıyafetler, sahte kürkten bir yelek, dize kadar Doc Marten çizmeler ve göğsüne, sırtına ve beline bağlanmış ciddi bir metal kalabalığı.

Yutkunmaya çalıştım, ama boğazıma gelip oturmuş bir beyzbol topu vardı sanki.

Ambrose ıslık çalarken Charlotte da sırıttı. Ava bize doğru geldi. Boğazımı temizleyerek, "Daha önce tanışmış olsanız da, size Ava

Whitefoot'u takdim etmek isterim," dedim. Tek dizimin üzerine çömelerek elimi ona uzattım."Hem gönlümün Şampiyonu, hem de Amerika Doğu Sahil Şeridinin."

Ava bir kahkaha atarak uzattığım eli tuttu. "Romantik başladı ama sonu fiyaskoydu."

"Evet, asla-uygunluğu daha az vurgulamak üzerine çalışmam lazım," dedim ve beni saraylara yaraşır pozisyonumdan çekip kaldırmasına izin verdikten sonra onu kavrayıp kendime çekerek yürek gümbürdeten beş saniyelik bir öpücük için hiç bırakmadan tuttum.

"Bıçaklara dikkat edin," dedi Ambrose, "yoksa bu gelmiş geçmiş en tehlikeli öpüşme sahnesi olarak tarihe geçecek."

"Değer," dedim, içimde pişmanlığın sancısıyla onu bırakarak.

"Eğer kazanırsak," diye mırıldandı Ava, gözlerinde bir ışıltıyla, "sonra daha fazlası gelecek."

"O zaman gidip biraz numa doğrayalım!" Ava'nın elini yakalayıp grubu silahhaneden dışarı, koridora, oradan da içinde tam teşekküllü bir araç ordusu bulunan garaja çıkardım. Her arabanın yanı başında savaş için giyinmiş ve tepeden tırnağa silah kuşanmış ufak birer grup yakınımız hazır bekliyordu. Tek bir salonda toplanmış iki yüze yakın bardia vardı.

"Yok artık," dedi Ambrose karşımızdaki manzarayı incelerken nefesi kesilerek. Charlotte'a döndü. "Buraya taşınıyoruz." Charlotte gülerek gözlerini devirdi.

"Jules?" dedi Ava, ben de parmaklarımı dudaklarıma götürerek keskin bir ıslık çaldım. Garaj sessizliğe büründü ve bütün gözler girişteki merdivenlerin tepesinde dikilmekte olan bizlere döndü.

"Stratejimiz sağlam ve eksiksiz," dedi Ava, sesi geniş alanda yankılanarak. "Ve gördüğüm kadarıyla, toplanmış olan numa grubundan sayıca kat be kat üstünüz. Bu savaş için hazırız. Bu geceki zafer, altyapılarında ölümcül bir yara açmak anlamına gelecek. Gelin benimle birlikte savaşın, yakınlarım."

Kılıcını çekti, alanın bir ucundan diğer ucuna kadar yavaş yavaş yay çizerek salladı, herkesin gözüne tek tek baktı, sonra kılıcını tavana doğru kaldırarak alçak, sarsılmaz bir sesle, "Haydi. Bunu. Yapalım," dedi.

Ortalık çıldırdı, iki yüz bardia sanki çoktan kazanmışlar gibi tezahüratlarla bağırdılar, kucaklaştılar, beşlikler çaktılar. Ambrose şoke olmuş bir halde gözlerini Ava'ya dikmişken, Charlotte'ın da yüzüne gururlu bir gülümseme yerleşti. Charlotte Ava'ya doğru eğilip onca gürültünün arasından, "*Muhteşemsin!*" diye bağırdı.

Ava kocaman gülümseyerek bana dönüp baş salladı. Bir ıslık daha öttürmemle herkes arabalarına, jiplerine ya da motosikletlerine atlayıp garajdan ayrılarak Brooklyn sokaklarına çıkmaya başladı.

Ava, merdivenlerden inip bizi bekleyen arabaya yöneldiğimiz sırada elimi tuttu. *Merci, mon chevalier*, dedi kafamın içinde ve ardından son bir savaş öncesi öpücük için bana sokuldu.

Kayıtsız kalmak ne mümkündü? Başını ellerimin arasına alıp bıraktım kalbimin söyleyemediği şeyi dudaklarım ifade etsin: Onun olduğumu, hem bedenimin hem de ruhumun. Nihayet ayrıldığımızda bana öyle bir gülümsedi ki artık gerçek yuvamı bulduğumu biliyordum.

Benim yuvam bir yer değildi. Harita üzerinde belli bir nokta değildi; Paris de değildi, New York da. Ava'ylaydı. O her neredeyse, ben oraya aittim. Ona baktığımda kalbim tamdı, doluydu. Cevap verdim: "Bir şey değil, *mon coeur*."